길 위에서 삶의 길을 찾다

길 위에서 삶의 길을 찾다

발행일	2020년 8월 7일

지은이	이성윤		
펴낸이	손형국		
펴낸곳	(주)북랩		
편집인	선일영	편집	윤성아, 최승헌, 최예은, 이예지
디자인	이현수, 한수희, 김민하, 김윤주, 허지혜	제작	박기성, 황동현, 구성우, 권태련
마케팅	김회란, 박진관, 장은별		
출판등록	2004. 12. 1(제2012-000051호)		
주소	서울특별시 금천구 가산디지털 1로 168, 우림라이온스밸리 B동 B113~114호, C동 B101호		
홈페이지	www.book.co.kr		
전화번호	(02)2026-5777	팩스	(02)2026-5747

ISBN	979-11-6539-330-4 03810 (종이책)	979-11-6539-331-1 05810 (전자책)	

이 도서의 국립중앙도서관 출판예정도서목록(CIP)은 서지정보유통지원시스템 홈페이지(http://seoji.nl.go.kr)와
국가자료공동목록시스템(http://www.nl.go.kr/kolisnet)에서 이용하실 수 있습니다.
(CIP제어번호: CIP2020031756)

(주)북랩 성공출판의 파트너

북랩 홈페이지와 패밀리 사이트에서 다양한 출판 솔루션을 만나 보세요!

홈페이지 book.co.kr　　•　　**블로그** blog.naver.com/essaybook　　•　　**출판문의** book@book.co.kr

이성윤
지음

67세 청년의
자전거길 국토 완주기

길 위에서
삶의 길을
찾다

북랩 book Lab

들어가는 글

　　요즘 내 나이대 대부분의 사람들이 그러하듯 나 역시 칠십 세 전에 경제활동을 끝내고 오롯이 내가 하고 싶은 것만 하고 살아야겠다고 생각했다. 그렇게 내 인생의 버킷 리스트로 정한 것은 두 가지였다. 첫째는 세계 일주 여행을 하는 것과 우리나라 국토 둘레를 한 바퀴 걷는 것, 둘째는 한시나 고전 공부를 하면서 피아노를 다시 배우는 것이었다.

　　그러나 생각과는 달리 하루가, 한 달이, 또 한 해가 왜 그리도 빨리 가는지 마음은 초조하기만 했다. 또 어떤 때는 이렇게 한 해 한 해가 가는데 하고 싶은 것도 제대로 못하고 이생을 끝내는 건 아닌지 안달하기도 했다.

　　그러던 어느 날 자전거를 만났다. 그날은 2019년 3월 1일로 내 가슴속에서 잊히지 않는다.

　　자전거를 타고 처음 낙동강을 만난 날, 내 온몸으로 들어오는 자연의 순환은 내게 경이로움으로 다가왔고 황홀했다. 하늘, 바람,

구름, 태양, 새소리 그리고 새 생명들의 꿈틀거림.

한마디로 강변 자전거 길에 반했다고 해야 맞을 것 같다.

그렇게 봄볕 가득한 자전거 길을 나서기 시작했다.

햇살이 이 땅에 닿기 전에 나서면 눈에 보이고 스쳐가는 모든 자연은 나만을 위해 있는 것처럼 느껴졌다.

자전거를 타고, 끌고, 오르는 산길에서 나는 고해성사를 했다.

나도 모르게 눈물도 흘렸다.

그리고 마음의 상처도, 미움도 한 꺼풀 한 꺼풀 벗겨 나가고 있었다.

자연은, 고통은, 외로움은 나를 발가벗게 했고 나를 정직하게 대면하도록 했다. 나는 나에게 묻고 또 물었다. 어떤 모습으로 이 땅의 생을 끝낼 것이냐고.

2019년 11월 3일 오후 2시. 영덕 해맞이 공원 표지석 앞에 자전거를 머리 위로 치켜들고 섰다. 1,900㎞ 대한민국 국토 완주 자전거 길의 15,809번째 완주자로 기록되었다.

이제 긴 여정이 끝난 것인가? 아니다. 길이 끝나는 곳이 어디 있느냐? 길 끝나는 곳에 또 길이 있는 것을. 언제나 끝은 또 다른 시작이지 않는가!

나는 지금 두 번째의 삶에 온통 마음이 끌려 있다. 내게는 지지 않는 열정과 설렘이 있다. 무엇이 나를 움직이게 하는가. 아직도 불꽃처럼 타오르는 내 열정의 정체는 무엇인가.

소진하고 소진했을지라도 마지막 남은 내 영육의 에너지를 기꺼이 다 태우고 이 땅을 떠나리라. 하고 싶은 일을 하려고 해도 현실은 다르지 않느냐고? 물론 다르다. 그러니 선택이랄 수밖에. 이런 어긋남의 반복인 삶은 더 이상 되풀이하지 않으리.

2020년 8월
이성규

Contents

자전거와의 만남 🚴

　　내 나이의 세대들은 초등학교 때는 학교에서 강냉이죽을 중식으로 먹은 세대이기에 지금처럼 어릴 때 자전거를 가지는 일은 생각도 하지 못했다.

　　내가 자전거를 처음 가진 것은 1978년 구미공단에서 회사생활을 할 때였다. 그 당시 회사는 우리나라 1위의 전자제품을 만드는 회사로 냉난방이 잘됐고 통근 버스도 있었다. 그러나 나는 구미공단의 낙동강변 길을 자전거로 출퇴근하는 것이 너무 즐거웠다. 휴일날 강변 모래톱에 가면 조그마한 자라들을 만나곤 했던, 말 그대로 청정한 낙동강이었다.

　　2019년 2월 어느 토요일 오전에 고교 친구 K가 점심식사 후에 내게로 온다고 전화를 했다.

　　K는 차에 자전거를 싣고 와서는 같이 자전거를 타러 가자고 했다. 창원시에서 운영하는 자전거 대여소가 북면 낙동강가에 있다는 것이다. 그러나 K와 함께 자전거 대여소에 가 보니 동절기(12~2월)에는 자전거 대여소를 운영을 하지 않는다는 공지문이 보였다.

　　낙동강가는 평소에 차로 지나다니면서 보던 강변과는 천양지차의 느낌이 들었다. 내 눈앞에 펼쳐진 강변은 평온과 고요 그리고 자연의 모습 그대로였다. 강은 침묵했으나 알 수 없는 거대한 울림으로 내 가슴을 두드렸다.

내게는 자전거가 없으니 K와의 동행은 힘들었다. 나는 K에게 창녕 함안보를 거쳐 남지철교까지 경치가 좋으니 혼자 다녀오라고 일러주었다. K를 보내고 나는 차를 운전하여 회사로 돌아왔다.

회사로 돌아와 곰곰이 생각해 보니 자전거를 타기에 좋은 곳에 12년 넘게 있으면서도 지금껏 모르고 살았다는 한탄이 나왔다. 내 사업장에서 낙동강은 차도로 1㎞ 남짓 되는 거리였다. 곧바로 자전거 마니아인 M에게 전화를 걸어 내 자전거를 장만하고 싶다는 의사를 밝혔다. M은 300만 원 정도를 현금으로 준비해서 자전거 가게로 오라고 했다. 나는 M에게 지체할 것 없이 다음 주에 바로 자전거를 장만하러 가자고 약속을 했다.

자전거에 관한 지식이 전혀 없었던 나는 M의 주도하에 자전거를 비롯해 하절기 옷이랑 액세서리 등을 270만 원에 구입했다.

첫 번째 자전거 타기

본포교에서 수산대교까지 왕복 20㎞는 생각보다 부드럽게 속도가 난다.

강둑과 강변을 달리는데 별세상에 온 기분이라고 표현해야겠다.

탁 트인 시야, 지상에 숨죽이고 있는 자연의 식생들, 약 400㎞의 거리를 흘러 내려온 낙동강물의 고요함. 그 고요함과 어우러지는 조용하고도 평온한 자연의 정경에 가슴이 뛰었다. 이 자연 속을 계속 가고 싶다는 생각에 자전거 핸들에 손이 갔다.

가다가 해가 지면 텐트를 치고 밤의 정적 속에서 강의 내면의 소리를 듣고 싶다는 생각에 마음이 한껏 부풀었다. 밤하늘에 비추이는 별을 세며 지금껏 지나온 내 인생의 매듭들을 하나둘 반추하고 싶어진다.

두 번째 자전거 타기

✺ 본포교에서 삼랑진 밀양강 하류

오늘은 자전거를 알게 해준 K, 자전거 구입을 도와준 M과 동행하여 삼랑진 철교까지 첫 원정을 나섰다.

M으로부터 자전거 앞뒤의 기어 작동법과 자세, 주의점 등을 전달받고 페달을 밟아 나갔다.

처음으로 오르막과 내리막길이 나오자, M이 내 뒤에 바짝 붙어 앞과 뒤의 기어를 어떻게 조작하는지를 일러주었다. M이 알려 준 대로 기어를 조정해 보려고 노력했으나 앞 기어가 어떻게 돌아가고 있는지는 잘 모르겠다 싶었다. 그나마 뒤의 기어만 작동하며 뒤처지지 않고 잘도 따라갔다.

무리 없이 속력을 낸다 싶었으나 수산 명례 천주교 성지를 지날 때부터는 엉덩이가 아파오기 시작했다. 통증이 시작되어 영 불쾌했지만, 엉덩이를 이쪽저쪽으로 움직여 가며 M의 뒤를 열심히 따라갔다. 앞서 달리던 M이 팔각정에서 휴식을 취하자며 자전거를 세웠다.

팔각정에 서서 주변 경치를 보는데 "와, 이게 바다야, 강이야!"라는 감탄이 절로 나왔다. 지금까지 내가 알고 있던 낙동강, 그 낙동강이 이렇게 넓다니 그저 놀라울 뿐이었다.

잠시 쉬고 난 우리는 낙동강과 밀양강이 만나는 지점을 지나 밀양강둑을 따라 페달을 밟았다. 엉덩이가 아프고 지쳤지만 콧노래를 부르며 내달렸다.

그러나 건너편 강둑 하저다리를 지나 삼랑진으로 가야 하는데 엉덩이가 아파 도저히 더 진행을 할 수가 없었다. 결국 우리는 원점을 회귀하기로 결정했다.

K가 선물이라며 내게 손을 내밀었다. 『국토 종주 자전거 길 여행』[1]이라는 작은 책자였다. 책은 꼭 여권처럼 생겼는데 국가에서 관리하는 한국의 자전거 길이 안내되어 있었다. 책자에는 4대강(한강, 낙동강, 영산강, 금강)과 제주 환상 종주 길, 섬진강, 아라뱃길, 새재길, 오천길(충청북도 종단) 강원/경북 동해안길 1,857㎞를 완주하면 인증서를 발급해 주는 제도에 대해서도 적혀 있었다.

책을 손에 들고 보는데 허리와 엉덩이가 아파 인상을 찌푸렸다. 과유불급이라 했던가.

아무런 예비 운동이나 체력 단련도 없이 첫날부터 무리하게 자전거를 60㎞나 탔으니 탈이 생긴 모양이었다. 엉덩이가 너무 아프고 허리 통증이 심해 일상적인 생활을 할 수가 없는 상황이 되었다.

3일 내내 한의원에 가서 치료를 받았으나 전혀 차도가 없었다.

---

1) 국토교통부·행정안전부 지음.

이러다가 병증만 깊어지는 것이 아닌가 걱정이 들었다. 허리 전문 병원에 가서 MRI를 비롯해 몇 가지 검사를 받았다. 결과는 척추에는 아무 이상이 없다는 진단이었다. 나는 의사에게 통증이 일어나게 된 전후 상황을 말했다. 허리와 엉덩이가 많이 아프다고 호소를 했지만 의사는 주사를 놓아 주는 처방으로 진료를 끝냈다. 그러나 통증은 여전히 심했고 속으로 많은 걱정이 일었다.

올해 내로 자전거 국토 종주를 꼭 해 볼 것이라고 굳게 결심했는데 다시는 무리해서 자전거를 타면 안 된다는 진단이 나올까 봐 불안했다. 하루라도 젊은 날에 국토 종주를 해야 한다는 생각에 안달이 났다. 주변 지인에게 내 통증에 대해 이야기를 하니 침을 잘 놓는다는 한의원을 소개해 주었다. 나는 또다시 한의원을 내원했다. 한의사에게 자전거를 타고 나서 허리와 엉덩이가 아프다고 통증에 대한 상담을 했다. 한의사는 일주일 정도만 한의원에서 치료를 받으면 통증이 없어질 것이라고 말했다. 그 한의원은 다른 곳보다 진료비가 많이 나오고(2~3만 원) 내원하려면 최소 1시간은 소요되는 거리에 있는 한의원이었다. 그래도 빨리 완치하고 싶은 마음에 꾸준히 치료를 받았다. 한의원을 다니면서 하루걸러 온천욕도 다녔다. 한 달여 동안을 고생하고 치료비로 백만 원 정도를 지불하고서야 내 몸은 정상 상태로 회복이 되었다.

참으로 다행한 일이라고 안도하며 세 번째로 자전거를 타기 위한 준비를 했다.

세 번째 자전거 타기

◎ 본포교에서 창녕 남지 철교

낙동강변 남지 유채꽃과 낙동강

이제는 파란색 선으로 이어진 국토 자전거 길과 좌우 표지판이며 이정표도 어느 정도 숙지가 되었다. 기기다 휴대폰에서 지도 시작점과 도착지를 입력하고 자전거 그림을 클릭해서 거리, 소요시간, 고도가 나타나도록 하는 법을 공부했기에 혼자서도 다닐 수 있다는 자신감을 가지고 출발했다.

이 코스의 자전거 길은 잘 정돈되어 있고 주변이 군데군데 꽃밭으로 조성되어 있다. 처음으로 끌바(자전거를 고개 길에서 타지 못하고 끌고 올라가는 것)도 했는데 2차선 지방도 노견을 끌고 가려니 큰 차들 때문에 불안하기도 하고 참 무서웠다.

중간중간 휴식을 하면서 왜 진작 이 아름다운 길을 알지 못하고 이 늦은 나이에 시작했는지 후회막급이었다.

강변은 만발한 유채꽃으로 봄기운이 물씬 풍겼다. 내일(4월 11일) 개막하는 유채꽃 축제 준비로 많은 사람들도 강변을 바삐 오갔다.

자전거를 끌고 낙동강 남지 개비리길 입구에 도달했다. 이 길은 트레킹 코스로도 사람들이 즐겨 다니는 길이었다. 또한 자전거 코스로도 유명해서 걷는 사람보다 자전거 탄 사람을 많이 만났다.

남지 개비리길 입구에서 남강이 흘러 들어오는 강 너머를 응시했다.

낙동강 남지 개비리길 일대는 한국전쟁 당시 낙동강 최후 방어선이었다. 6·25 전쟁 당시 북한군의 남침으로 한국 전쟁이 발발하였고 전쟁 삼 일 만에 서울이 점령당했다. 이후 두 달도 못되어 낙동강 북쪽 역시 모두 점령당하여 국운은 풍전등화의 위기였다. 이에 국군과 유엔군은 낙동강을 최후의 방어선으로 구축했다. 그 뒤에 낙동강 남지 전투로 남지 철교 중앙부가 폭파되었고 치열한 전투로 낙동강 물이 핏빛으로 붉게 물들었다고 한다. 이 전투의 승리로 전세가 역전되어 국군과 유엔군은 낙동강을 건너 북한군에게 반격하게 되었다. 그리고 맥아더 장군의 인천 상륙 작전의 성공과 함께 압록강까지 진격할 수 있는 결정적인 계기가 되었다.

다시 한 번 유유히 흐르는 남강을 바라보았다. 저 건너가 불과 칠십여 년 전만 해도 북한군의 점령지였다는 사실을 누가 알까? 한때 이곳에서 이 땅의 젊은이들이 서로의 심장을 겨누며 밤낮없이 총질을 했다고 생각하니 가슴이 먹먹했다.

낙동강 개비리길에 서서

수천 년을 이어 흘러온 저 물줄기는
내 아버지 아버지의
간절한 심원과 못다 핀 혼불이어라.

세월의 온갖 풍상을 품고 서 있는 저 검은 단애는
내 어머니 어머니의
한없는 서러움과 기다림의 말없는 선돌이어라

한때 이곳은
이 땅의 아들들이 서로의 심장을 겨누며
밤낮없이 총질 소리로 온 세상이 먹먹했었지
아, 언제쯤 한목소리로 한 노래를 부르리.
아, 아! 언제나 한 몸 되어 뜨겁게 부둥켜안고 춤추리.

지금은 봄
내 아버지의 붉은 혼불의 그 서러운 가슴이
이제야

저 너른 강변에 노오란 꽃으로 피었구나.

흐르는 강물을 보며

나는 이제야 알았다.

아픔과 외로움과 깊은 한의 고독은

강물처럼 말없이 흘러 보내야 한다는 것을

흐르지 않으면

결코 다시 일어나 살 수 없다는 것을.

네 번째 자전거 타기

◉ 삼랑진 철교에서 낙동강 하굿둑

이번 나들이 길은 삼랑진 철교에서 낙동강 하굿둑까지 갔다가 기차로 삼랑진으로 돌아오는 일정이었다.

◉ 삼랑진역

이곳은 강원도와 경상북도를 지나 밀양까지 흘러온 낙동강과 하남평야를 가로질러 흐르는 밀양강과 낙동강 하류로부터 밀려온 조수의 세 물결이 만나 부딪혀 일렁이는 곳이라 하여 삼랑진(三浪津)이라는 지명을 갖게 되었다. 이곳에 위치한 삼랑진역은 1905년 1월 1일부터 문을 열었다. 경부고속도로, 구미고속도로가 개통되기 전에는 경전선(광주 송정역~삼랑진역)과 경부선이 만나는 철도교통의 요충지였기에 진주, 함안, 마산, 진해, 김해 등에서 서울로 상경할 때는 필히 이 역을 거쳐야 했다.

수십 년 만에 삼랑진역에 찾아 왔는데 대학 학창시절의 역사(목조 건물)는 보이지 않고 주변도 옛날의 모습은 찾아볼 수 없고 그 옛날의 추억만 떠오른다.

◉ 원동과 원동역

원동은 낙동강가에 있는 작은 마을로 매화와 벚꽃, 갈대가 많아 낙동강과 어우러진 풍광이 빼어나 철도 공사와 여러 잡지에 우리나라에서 가장 아름다운 역으로 숱하게 실렸으며 인근에는 영남 알프스의 배내골, 천태산, 토곡산 등의 등산 코스와 야외 모임, 캠핑 장소로 널리 알려져 있고 봄철이면 누구나 한 번쯤 가고 싶은 곳이기도 하다.

💬 물금(勿禁)의 의미[뜻]

양산의 물금(勿禁)이라는 지명에는 역사적 사실이 얽혀 있다.

말 물(勿), 금할 금(禁)으로 "금지하는 것이 없다"라는 뜻으로 물금 마을은 원래 낙동강 건너편 김해 쪽으로 건너가는 물고미(勿古味) 또는 물금진(勿禁津)이었다고 한다.

옛날 신라와 김해가락국(가야)이 낙동강을 사이에 두고 국경을 접할 때 두 나라 관리들이 이곳에 상주하면서 왕래하는 사람과 물품을 조사, 검문하던 군사적 요충지였다.

세월이 흐르면서 두 나라 사람들이 서로 불편해지자 서로 의논하여 이 지역은 서로 "금하지 말자"는 합의를 하면서 지역 이름을 물금이라 불렀다고 전해진다.

현 시대로 풀이하자면 자유무역지구(Free Trade Zone)라고도 말할 수 있겠다.

◉ 낙동강

강원도 태백시 화전동 천의봉(1,442m)에서 발원하여 태백시 황지(黃池)를 지나 경북 봉화, 안동, 예천, 의성, 상주, 구미, 칠곡, 고령군 그리고 경남 합천, 창녕, 함안, 창원, 밀양, 양산, 김해시를 지나 부산 낙동강 하구의 을숙도까지로 길이는 513.5㎞.

낙동강 자전거 종주길(안동댐~부산 낙동강 하굿둑)의 길이는 389㎞.

삼국시대에는 황산하, 황산강, 황산진으로 불리었고 고려, 조선시대에 와서 낙동강, 낙수, 가야진 등으로 불리었다.

본래 '낙동'이란 가락국 땅이었던 '상주의 동쪽으로 흐르는 강'이
란 뜻에서 유래되었다.

강물이 말한다
너희들은 하루가 멀다 하고
걸핏하면 싸우고 헐뜯고 돌아서지?
우리는 동서남북 어디서 온
검둥이도 누렁이도 흰둥이도 가리지 않고
얼씨구, 서로 안고 안기며 흘러도
어떤 잡소리도 내지 않거든

강물은 또 말한다
너희들은 내가 잘났네 못났네.
내가 앞서겠네.
내가 더 올라가야겠네.
내가 더 가져가야겠네 하고
서로 온갖 수작을 부리며 살아가지?

우리는 앞서거니 뒤서거니 소리 없이 흘러도
내 잘났다고 더 가지겠다고 눈 흘기지 않거든
강은
침묵할 줄 안다
우리들의 사연, 세상사 모두를 알면서도

다섯 번째 자전거 타기 🚲

◉ 창녕 남지철교에서 합천 창녕보

창녕 남지철교에서 합천 창녕보까지의 일정은 M과 함께 동행하기로 했다. 남지철교에서 출발하여 회사 차량이 대기하고 있는 합천 창녕보에서 회귀하기로 했다. 이 코스에는 낙동강 종주 자전거 길에서 꽤나 힘든 영아지고개와 박진고개가 있다. 두 개의 고개는 높은 지형으로 인해 대부분은 자전거를 끌고 올라야 한다.

이곳에 들르면 이 두 개의 고개만큼이나 굴곡진 근대사가 있다.

경남 창녕 박진전투로 6·25 전쟁 당시 남한의 최후의 방어선(포항-대구-현풍-창녕-진동)이었던 곳이다.

1950년 8월 11일 창녕 영산까지 북한군이 점령하였으나 2개월여 간의 치열한 전투 끝에 9월 15일 영산은 물론 강 건너 박진고개까지 미군이 탈환했다. 그 역사적 사실을 기리기 위하여 2004년 박진전투기념관을 개관했으며 아직도 그 지역 일원에서 유해 발굴 작업이 진행되고 있다.

M과 나는 박진고개 길을 올라가기 전에 잠시 휴식을 취했다. 쉬는데 자전거 라이더 한 사람이 정규 코스가 아닌 신반 쪽에서 혼

자 오기에 어디서 오느냐고 물었다. 그는 인천에서 출발해서 4일째 자전거 여행 중이라고 했다. 오늘 낙동강 하굿둑을 지나 고속버스로 상경할 예정이라며, 박진고개를 우회해서 왔는데 영아지고개를 우회하려면 어떻게 가야 하느냐고 물었다. 나는 그에게 영아지고개를 우회하는 길에 대해 상세히 설명해 주고는 길을 나섰다.

박진고개가 앞에 보이자 내 마음 속에서 '자, 도전이다!'라는 소리가 절로 나왔다. 박진고개는 자전거를 탄 채 오르지 못하고 고개 정상 100m 정도 남겨두고 두 발로 걸어서 올라야 했다.

🗨 영아지고개 Tip

남지철교를 지나 둑방 길을 조금만 더 가면 자전거 길인 파란 선은 마을로 가도록 도색되어 있었다. 그러나 강의 둑방 길로 곧장 가면 남지 개비리길이 나오는데, 경치가 수려하다. 또한 강가 절벽의 좁다란 길이 너무 아름답다.
개비리길이 끝나면 영아지 고개를 넘어온 자전거 길과 만나니 후일 오시는 라이더들은 이 길을 가실 것을 추천하고 싶다. 단, 휴일은 트레킹하는 사람들이 많으니 통행하지 않는 것이 좋다.

고개를 오르는 중간쯤부터 나오는 배수로 옆 콘크리트 옹벽에는 이 고개를 지나며 많은 사람들이 흘렸을 땀방울의 흔적들이 고통의 글씨로 빼곡히 적혀 있다.

비리는 벼랑(절벽)의 경상도 사투리로 개비리길에 관련한 에피소드가 있다. 옛날 영아지 마을 황씨집 개가 11마리의 새끼를 낳았다. 그런데 어미개의 젖꼭지는 10개뿐이라 힘없는 놈은 젖을 빨 수 없어 배를 곯았다. 그렇게 조리쟁이(못나고 볼품없는 새끼를 뜻하는 사투리)인 새끼를 산 너머 남지로 시집간 딸이 데려가 키웠다. 그러던 어느 날 딸이 마당에 나갔다가 소스라치게 놀랐다. 영아지 마을 황씨 집에 있어야 할 어미개가 조리쟁이에게 젖을 물리고 있었다. 딸이 개의 발자국을 따라가 보니 어미개가 눈과 비가 오는 날에도 마다하지 않고 하루에 한 번 젖을 먹이려고 그 벼랑길을 오갔다. 그래서 사람들은 그 길을 '개비리길'이라고 이름 지었다고 한다.

삶이란 늘 고점만 있지도 늘 저점만 있지도 않다. 삶의 궤적은 등고선과도 같다. 고통과 시련 속에서도 하겠다는, 이루고 말겠다는 의지를 놓지 않고 목표와 꿈에 다가가는 것은 결국 자기 자신의 의지와 인내 그리고 노력뿐이다. 목표에 다다르고 꿈을 이루는 것은 곧 그것이 나만의 스토리이고 남다른 삶의 역사인 것이다.

너 이름 들꽃

파릇파릇 새순이 돋아

봄의 대지는 온통 새 생명의 용트림이고

산골짝 골짜기에는

100일 하고도 열흘을 있는 듯 없는 듯

바닥에 엎딪어 살아온

작은 들꽃이

제 얼굴을 내밀고 있다.

큰 들판에 봄꽃들은

밤낮없이 즐거이 촉을 틔우고 있건만

눈길 하나 가지 않는 저 계곡에

부끄러움 많은 처녀마냥

고개 내민 저 작은 들꽃들

화려함은 없지만

그저 조그마한 몸짓으로

이 땅에 박혀 있는 제 존재의 흔적을

어쩌다 마주친 눈길에

봄바람과 함께 제 향기를 선사한다.

생명의 뿌리를 다시금 생각게 하고

존재의 의미를 알게 하는

인내의 작은 들꽃

내가 불러 주고 싶은 너 이름

작은 거인 들꽃

내년 또 내년에도 난 돌아올 거야

너를 맞으려

합천 창녕보에서
달성보를 거쳐
강정 고령보로

이 길부터는 혼자서 길을 떠나야 한다.

더욱이 생활의 근거지인 경남을 벗어난다는 생각에 이런저런 걱정이 쌓였다. 그러나 어떠한 객지를 다니더라도 내가 먼저 인사하고 다가가서 손을 내밀면 문제없이 여정을 마칠 수 있을 것이라는 생각으로 출발했다.

이 코스의 노정은 내 차에 자전거를 싣고 창녕군 이방면에 있는 산토끼 노래 동산에 들렀다 가는 것이다.

한국인이면 누구나 다 아는 노래인 「산토끼」는 이방초등학교(옛 이방공립보통학교)의 이일래 선생님(1903~1979)이 만든 곡(1928년 작사·작곡)이다. 뒷동산의 산토끼처럼 자유를 누리고 민족혼을 일깨우자고 만든 동요인데, 일제 시대에는 금지곡으로 지정되어 마음대로 부르지 못했었다.

낙동강 자전거 길에서 처음으로 일반 도로를 타니 속도를 낼 수가 없었다. 더욱이 현풍 시내를 지나야 하니 위험하기도 하고 겁도 나서 마음껏 페달을 밟을 수가 없었다. 몇 번을 묻고 물어서 달성보에 도착했다.

힘든 현풍 시내 길을 우회한 이유는 일전에 자전거 길에서 만난 사람이 무심사와 도동서원 고갯길은 초보자가 가기에는 너무 힘든 코스라고 알려 주었기 때문이다. 그는 필히 우회하여 페달을 밟으라고 일러주었다.

달성보에서 많은 자전거 라이더를 만났는데 어디서 오시는 길이냐, 얼마나 탔느냐 등의 얘기들이 오고갔다. 자전거를 오래 탄 고수들의 말을 정리하면 대략 세 가지였다. 첫째, 혼자 다니지 말 것. 둘째, 에어 펌프를 휴대할 것. 셋째, 타이어 탈부착 및 펑크 수리에 대해 숙지할 것.

고수들은 당부의 말을 끝으로 자전거의 앞과 뒤의 기어 사용 방법을 친절하게 전수해 주었다.

그리고 인터넷 검색엔진인 다음이나 네이버에 있는 지도 검색을 활용하면 길을 놓치더라도 헤매지 않고 쉽게 복귀할 수 있다며 필히 숙지해서 다니라는 당부도 덧붙였다.

고마운 마음에 고개 숙여 인사했다. 떠나는 길 위에서 사람들을 만나고 그 길 위에서 새로운 인연을 만들어 가는 일이 즐거웠다. 욕심을 버리면 몸과 마음이 가벼워지고 더 멀리 더 오래 갈 수 있을 것이란 생각이 들었다. 더 많은 것을 보고 더 많은 것을 느끼며 새로운 나를 찾고 만날 수 있으리란 기대감에 마음이 들떴다.

⊛ 사문진 나루터

사문진이라는 지명의 유래는 인흥사라는 큰 절로 가는 관문이기에 절 사(寺)를 써서 '사문진(寺門津)'이 됐다는 것과 강가에 모래가 넓게 있어서 모래 사(沙)를 쓴 사문진(沙門津)이 됐다는 것 두 가지가 있다. 포구를 통해서 많은 물건과 사람이 드나드는 모래포구가 사문진이라, 어쩌면 둘 다 맞는 말인 듯싶다. 조선시대에는 낙동강 최대의 포구 경상도 내륙 지방의 물류 중심지였다.

사문진은 우리나라 최초의 피아노 유입지이기도 하다. 1900년 3월 미국 선교사가 미국에서 피아노를 가져와 부산 구포에서 이곳까지 배편으로 실어 왔다고 전해진다. 당시 피아노 소리를 처음 들은 사람들은 빈 나무통 안에서 소리가 나는 것을 보고 통 안의 귀신이 내는 소리라 하여 '귀신통'이라 불렀다고 한다.

달성군에서는 2013년부터 '달성 100대 피아노 콘서트'를 매년 9월에 이곳 사문진 나루터에서 개최하고 있다.

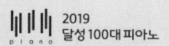

**2019
달성 100대 피아노**

9.28(토) 저녁 7시

9.29(일) 저녁 7시

대구 사문진
상설야외공연장

DAL
SEONG
PIANO
100

28일

연출 피아니스트 박종훈
사회 / 배우 김태우
피아니스트 지율
색소포니스트 대니정
뮤지컬배우 홍지인
소프라노 이윤경
첼리스트 예솔
피아노&아코디언 임슬기
피아노 앙상블 4인(김명호, 김재원, 유영욱, 윤철희)

29일

예술감독 불류아티스트 임동창
100인 피아니스트
100대 협연 아티스트(피아노,성악,판소리)
가수 백지영
배시봉(송창식, 조영남, 김세환)
실청구 100인

대구시 신청사
최적지 달성 화원

문의 : 053 659 4284

달성군   달성문화재단   flower   후원   대구광역시

✹ 강정 고령보에서 칠곡보(왜관)를 거쳐 구미보까지

무릇 근력의 강화를 위해 본포교-수산 다리를 낙동강 남북 방향으로 왕복 라이딩하여 제법 탄력이 붙어 가고 있음을 느꼈다. 이 코스를 가려면 강정 고령보에서 차를 돌려보내야 한다. 구미에서는 자전거를 보관해 두고 오든지 버스로 자전거를 가지고 돌아와야 한다.

처음으로 하루에 70㎞를 넘는 거리를 자전거로 도전했다. 이 코스는 주로 강안과 강둑으로 자전거 전용 길이 있어 길이 평화롭게 보이고 정겹다.

달성에서 성주로 건너가는 성주대교 다리를 건너자 온 들판이 끝없는 비닐하우스로 되어 있었다. 이곳은 일반적으로 보아온 비닐하우스가 아니고 트랙터가 들락날락했으며 대부분이 고정식 비닐하우스로 보였다. 바로 이곳이 한국 참외의 80% 이상을 생산하는 참외의 고장 성주다. 또한 나의 본관인 성산(성주) 이씨의 관향이다.

✹ 왜관(倭館)

왜관은 우리 근대사의 슬픈 역사인 6·25 전쟁의 흔적이 남아 있는 곳이다.

1950년 8월 1일 왜관읍 주민들에게 소개령이 떨어지고 북한군의 진격을 막기 위해 왜관 철교의 폭파로 시작된 왜관 전투는 1950년

8월 1일부터 9월 말까지 북한군 18,000여 명, 미군·한국군 10,000여 명의 사망자를 냈다. 이 전투로 왜관과 칠곡의 거의 모든 지역이 초토화될 정도로 치열하고 처절한 전투였다고 역사는 증언하고 있다. 1950년의 시산혈하(屍山血河)의 피로 물든 무대가 바로 이곳 칠곡, 왜관인 것이다. 이 전투로 인해 오늘의 대한민국을 있게 한 장소이기도 하다.

이 민족의 생명줄인 낙동강의 유장한 물줄기 아래는 고난의 역사가 아프다고 말하는 것 같다.

그러나 수십 년 전의 그 역사를 잊은 것처럼 강은 그저 소리 없이 흐를 뿐이다.

⊛ 구미보

구미는 내가 대학 졸업 후 본사에 근무하다 자원해서 간 공장이 있는 곳이다. 총각 사원이 결혼하면 사택 아파트를 제공하기 때문에 자원한 것이었는데, 실제로 신혼생활도 이곳에서 하여 감회가 새롭다.

그리고 내가 자전거를 처음 가진 곳도 구미였다. 1978년 당시는 선산군 구미읍이었는데 얼마 있다 구미시가 되었다. 구미에 독신 사원으로 와서 배정받은 숙소는 강변 낙계동 외국인 아파트였다. 처음에는 두 달간은 통근 버스를 타고 다니다 강변길이 너무 좋아 자전거를 구입하여 타고 다녔던 기억이 선하다. 그때는 휴일 해 뜨기 전에 강변 모래밭에 가면 자라들이 모래밭에 많이 올라와 있기도 했었다.

지금은 모래톱은 사라지고 강변이 공원으로 조성되어 있다. 구미대교 너머 내가 곧잘 다녔던 강변 매운탕 집은 이미 없어졌으니 상전벽해라는 사자성어가 내 입에서 흘러나왔다.

옛날 같으면 공단의 기계 가동 소리가 와글와글 웅웅 하고 울렸을 텐데 너무 조용했다. 조용하다 못해 고요하다고 해야 할까. 아니 고요도 넘어선 적막함에 다시 한 번 놀랐다. 이게 우리나라 제조업의 현주소인가. 나 역시 제조업 회사를 운영하고 있지만 지난 3년여 동안 생산 물량이 뚝뚝 떨어지는 이 현실이 새삼 피부에 와 닿았다. 우리나라는 이제 무엇을 먹고 살아야 하나. 1~2년 사이에 우리나라가 얼마나 잘살게 됐다고 정부에서는 국민들에게 수당을 준다는 것인지 알다가도 모를 일이라는 생각이 들었다.

구미보에 도착한 후, 바로 구미 시내 방향으로 길을 갔다. 주유소와 펜션 등에 들어가서 자전거를 맡겨 보기로 했으나 세 번째까지 모두 실패했다. 결국 시골 마을에 가서 자전거를 맡겨 보기로 결정하고 걸음을 옮겼다. 첫 번째 시골집은 아무도 없는지 문을 두드려도 대답이 없었다. 두 번째 집으로 향했는데 그 집에 있던 개가 많이 짖어 댔다. 개 짖는 소리에 집에서 할머니 한 분이 나왔다. 내가 자전거를 맡길 수 있느냐고 묻자 할머니는 사투리로 대답을 했다.

"있어 보이소. 우리 영감한테 말해 볼게요."

내가 공손히 재차 말씀드리니 할머니는 흔쾌히 자전거를 맡아 주겠다고 고개를 끄덕였다.

다음 주 토요일 아침 일찍 내 자전거를 찾으러 오겠노라 약속을 하고 선산읍에 택시를 불러 구미 버스 터미널로 향했다.

구미보에서
낙단보와 상주보를 거쳐
상풍교로

2019년 6월 8일 버스를 타고 구미로 출발을 했다. 지난 주에 자전거를 맡겨두었던 집으로 가기 위해서였다. 구미에 도착한 나는 자전거를 맡아 준 할머니 댁을 방문했다. 두유 한 박스로 고마움의 인사를 대신하고 자전거를 끌고 나오는데 어르신 내외가 뒤따라 나오며 당부의 말을 했다. 몸조심하고 한시라도 빨리 가겠다며 욕심 부리지 말고 다니라고. 나는 웃으며 골목길을 나왔다. 무심결에 뒤를 돌아보니 그때까지도 두 분은 대문 앞에서 나를 지켜보시고 서 있었다. 나는 손을 흔들어 작별 인사를 다시 드렸다.

만남이 무엇인지, 인연이 무엇인지 가슴이 찡했다.

오늘 여정에는 큰 산은 없지만 상주 경천섬 인근에 200m 되는 산을 하나 넘어야 했다.

낙단보를 지나고부터는 자전거 라이더들도 더러 보였다. 그 외에 인적이 드문 강가는 더없이 고요했다. 고요 속에 들리는 새소리와 내 몸을 스쳐 지나는 바람소리뿐인 공간 속에서 북으로 북으로 페달을 밟았다. 문득 '내 나이가 벌써 67세구나'라는 생각이 들었다.

육십칠 년 세월을 저 강물처럼 흘러 왔다면 나도 지금쯤은 저만한 강물을 닮아 잠잠히 흘러가야 하는 것 아닌가 하는 생각이 들었다.

바람의 말에 귀를 기울이며 잘난 것만 보지 말고, 못난 것들도 보듬으면서 저 강물처럼 흘러야 하는 것을.

아직도 작은 말이나 언짢은 사연 하나에도 속을 드러내는 내 자신을 돌아보게 되는 시간이었다.

얼마나 부귀영화를 누리겠다고 아등바등 살아 왔는가란 생각에 잠시 쓴웃음이 나왔다.

바람/강물/구름

바람 부는 대로

오라면 오고 가라면 가야지요.

오르고 내리고

돌고 도는

웃고 우는 인생길

이 나이

이 세월에

더 무엇을 이루리오.

저 길가의 풀 한 포기 되어

바람 불면 바람 부는 대로

비오면 비오는 대로

적시며 살다가

있는 듯 없는 듯

조용조용 살다 가야지요.

강물이 하는 말

나를 낮추고 내어 주지 않고는 흐를 수 없다

참고 또 참으며 죽어라 일하며 살아 왔다. 나는 왜 열심히
일해 왔는가.

내 삶은 지금 어디에 있고

어떤 모습이며 또 어떤 모습으로 이 땅의 삶을
마무리하려 하는가.

生 則 苦

生 則 一場春夢이라 했던가.

강물은 말한다.

내게는 희고 검고

크고 작고

잘나고 못나고

그 숱한 것들이 스며들고 뒤엉켜 들어도

군말 않고 속으로 속으로 안고 가거든

강물은 또 말한다.

너희들은 한 핏줄이든, 이웃이든, 친구든, 내 심기에
틀어지면 원수 대하듯 쳐다보지도 않지만

우리는 둘, 셋, 넷 서로 엎어지고 자빠져도 서로 붙들고 안아
밤낮으로 한 색깔로 노래하며 흐르거든

강물은 또 다시 말한다.
두고 온 세상의 사연도
하고많던 기억들도
두물 만난 이곳에서 서로의 몸을 섞어
지나온 시간을 다듬고 또 다듬는다.

고고한 달빛이 서럽게 느껴질 시간이면
저 끝없는 하늘을 날던 새들도 날개 섶에
저만의 체온을 챙기며 잠이 들고
강바람은 마른 풀잎 위에 머물며
소리 없이 강물을 바라본다.

침묵한다는 것은
스스로 저문다는 것임을
살아 있다는 것은 또 얼마나 힘겨운 흔들림인지를

2019년 6월 26일

자전거로 낙동강 국토 종주를 끝내고

상주 상풍교에서
안동댐으로

　　　　자전거 길을 나선 후 처음으로 1박 2일 일정인 둘째 날을
맞이했다.

　지난밤은 상풍교 한옥 게스트 하우스에서 편히 지내고 어제 저
녁에 게스트 하우스 사장님께 말씀드린 대로 6시에 식사를 하고
길을 나섰다.

　사장님 역시 자전거 마니아라 안동까지 가는 동안의 주의점을
상세히 설명해 주셨다. 그 내용을 정리해 보면 이렇다. 첫째, 파란
선을 주시하고 갈 것. 둘째, 파란 선이 보이지 않으면(사라지면) 즉
시 원점으로 회귀하고 네이버 지도를 검색하여 (자전거가 다니는) 길
을 찾을 것. 나는 설명을 들으면서 처음으로 이런 지도가 있다는
것을 알았고 활용하는 방법을 급히 기억해야만 했다.

　셋째, 경사가 있어 힘이 들면 무리하게 자전거를 타지 말고 끌고
갈 것. 넷째, 자전거 길 안내 표지판은 필히 잘 살펴보고 안내문이
있는 경우에는 자전거를 멈추고 안내문의 내용을 숙지하고 갈 것.
안내문은 대부분 공사나 수해 등으로 잠정 폐쇄되어 우회하는 길

을 알리는 것이니 그 자리에서는 꼭 네이버 지도를 보고 가라고 하셨다. 다섯째, 물을 항상 넉넉하게 준비할 것. 그 외에도 내리막 길에서는 절대 과속을 하지 말 것 등의 사항을 주지시켜 주었다. 그는 자전거 앞뒤 기어의 사용법을 실습하며 익히도록 도와주기도 했다. 또한 네이버 지도를 검색하여 오늘 노정에 힘든 코스와 주의할 지점 등을 지적하며 일러주었다.

자전거를 타면서 상주를 지나가는데 마음이 편안하고 정감이 간다. 마치 아늑한 고향땅 같은 기분이랄까. 상주는 낙동강의 종루라고 부르는데, 경주와 함께 경상도의 어원이 된 유서 깊은 곳이다. 조선시대 말기까지는 경상감영, 즉 경상북도 도청과 같은 행정기관이 있었고 [전국의 8목(牧) 중 한 곳이었는데] 1970년대 말까지만 해도 인구가 27만 명이나 되었다.

삼백(三白: 쌀, 누에고치, 곶감)의 고장으로 불리었으며 인구 대비 자전거 보유 대수가 가장 많은 지역이기도 하다(중고등학교 학생 자전거 통학률 70%). 평야 지대가 많아 자전거를 타기 용이하지만 옛날에도 비싼 가격의 자전거를 살 수 있는 부유한 동네였기 때문이기도 할 것이다.

이번 자전거 길에서 꼭 들러야 하는 곳은 '말 무덤(言塚)'이 있는 곳[2]이다.

낙동강 종주 자전거 길에서 1㎞ 정도 떨어진 거리에 있는데 수

---

2) 주소는 예천군 지보면 대죽리 156-1이다.

많은 표지석에 말과 관련된 금언이나 속담을 새긴 경구가 문인석처럼 도열해 있다.

세간의 말(言)들을 무덤에 묻어 버리고 찾아온 마을의 화평은 선현들의 지혜이자 오늘을 사는 우리에게 주는 큰 가르침이라 하겠다.

말 무덤이 생긴 연유는 이렇다. 대죽리 사람들을 '한데 사람'이라고 불렀다고 한다. '한데'는 큰 마을 사람들이라는 뜻인데, 성이 다르고 문중이 다른 각성바지들이 모여 살다 보니 말로 인한 다툼이 잦았다.

사소한 말 한마디가 씨앗이 되어 문중 간에 다툼이 그칠 날이 없자 마을 어른들이 만나 원인과 처방을 놓고 많은 의견을 나누었다. 그러던 어느 날, 마을을 지나가던 과객의 제안을 받아들여 말 무덤을 만들었다. 그 후 마을에 흉흉한 말다툼이 있을 때마다 비난하는 말이나 감정을 말 무덤에 쏟아내고 묻어 버린 다음 제사를 지냈다. 그렇게 하자 신통하게도 다툼과 언쟁이 사라지고 마을은 평온을 찾게 되었다. 문득『도덕경』에 나오는 글귀가 떠오른다.

상선 약수 (上善 若水)
부유 부쟁 (夫唯 不爭)
최고의 선은 물과 같으니
서로 다투지 아니한다.

－『도덕경』 8장

안동하면 떠오르는 단어는 하회 마을, 간고등어, 헛제사밥, 더하여 노래 「안동역에서」이다. 낙동강 자전거 길은 하회마을 부근에서 지방도로로 우회하여 지나기 때문에 아쉬운 마음이지만 그냥 지나가고 안동역으로 페달을 밟는다.

지고 지난한 삶을 거쳐 온 한 무명 가수를 살게 한 그 노래의 현장 안동역.

노래비에 적힌 가사를 천천히 읽어 본다.

산으로 강으로 같이 가 보세

벗이여

밤잠 못 이루는 시름을 걸치고

그 누구에게도 하소연할 길 없는

짐을 지고 사는 우리

일어나 나서게 같이 가보세

아직은 마음껏 푸르고 싶은 날

기만도 높임도 낮춤도 없는

오직 정직만이 순리만이 있는

산으로 같이 가보세

나뭇잎 흔드는 바람 따라

햇살이 비추어주는 오르고 내리는 길 따라

가다 가다 보면 속된 자신이 보일 때면

이 노래가 나올걸세

인생은 나그네 길

빈손으로 왔다가 빈손으로 가는 길

그래 벗이여

이제 노래하자구나

저 높이 솟구쳐 나는 산새처럼

세상 굴레와 시름 털고

아무런 욕심 없이 어우러져 사는

생명의 정직과 자유만이 있는

산을 걷고 들으며 보며

인생을 다시 노래하자구나

강물처럼 흘러가야지요

강물처럼

흐르는 강물처럼 흘러가야지요

마음도 씻고

육신도 씻고

눈도 귀도 씻고

가다 가다 보면

여울도 만나고

새싹도 틔우고

열매도 실어 날라

또 다른 곳에 뿌리도 내리게 해야지요

그리하여

석양이 내릴 때면

지친 한 몸 쉬어가기도 해야지요

나그네 같은 이 삶의 여정에

먼 먼 바다까지 가자면

엎어지고 뒤집히고
뻘물을 뒤집어쓰기도 하고
허우적거리며 지쳐 주저앉을 때도 있겠지요.

그래도 흘러갈 거예요
그래도 흘러가야만 해요
그게
우리네 인생
탁류의 인생길인걸요

낙동강은 조선 선비의 정신, 이 나라를 백척간두에서 지켜낸
6·25의 핏물, 그리고 잘살아 보자고 우리도 한 번 잘살아 보자고
밤낮으로 일한 우리 선대들의 땀이 밴 역사의 현장에서 오늘도 잠
잠히 소리 없이 도도히 흐르고 있다.

문경새재 자전거 길 🚴

⚜ 상주 상풍교/문경 불정역/이화령/수안보/충주 단금대

　지난 3월 1일에 자전거를 처음 타고서는 몸이 아파 정상적인 생활을 할 수 없었다. 한 달 넘게 허리 통증으로 MRI도 찍고 한의원도 다니고 하여 몸이 정상적인 상태로 돌아왔다.

　내 신체가 자전거를 탈 준비가 전혀 안 된 상태에서 몸의 특정 부위(하체)를 무리하게 사용해서 탈이 난 것. 그 이후로 나는 틈틈이 10~20㎞씩 자전거를 타며 몸을 단련했다.

　그간 낙동강 종주 자전거 길 390㎞(안동댐~부산 낙동강 하굿둑)를 무탈하게 종주하면서 참으로 많은 것을 느꼈다. 그 가슴의 큰 울림에 몸도 마음도 가벼워짐을 스스로 느낀다.

　자각하고 반성하고 그간의 세월에 미처 말 못 한 이들에게 직접 말을 건네지 못했지만 내가 잘못했다.

　'미안해, 사랑해, 고마워'라고 내 마음을 전하기도 했다.

　또 먼 길을 혼자서 얼마든지 갈 수 있는 자신감도 생겼다.

　여행은 자아를 확충하기 위한 경험이라고 하지 않았던가. 지금까지의 나와 다른 환경을 보고 느끼면서 자신의 포텐셜(potential)

을 무한히 확장할 수 있음을 알았다.

그러므로 그러한 경험을 두려워하거나 피하지 말자. 생즉고(生卽苦)라고 하지 않았던가. 이 땅에 발 딛고 사는 사람치고 어디 한구석 아픔과 상처를 안고 살지 않는 사람이 어디 있는가. 다들 고만고만 그렇게 인생길을 가고 있다. 그런 연유로 우리네 인생살이에서 거스를 것도 바꿀 것도 없다.

이번 자전거 길은 6월 13일 목요일부터 6월 16일 일요일까지 3박 4일의 일정으로 경북, 충북, 강원, 경기, 서울을 지나는 길이다. 국토 종주길 중 가장 힘들다는 이화령을 넘어야 하고 이 거리는 260km나 되니 각별히 몸 관리에 유의해야 했다. 이렇게 일정을 길게 잡은 이유는 창원에서 이곳 지역으로의 접근성이 어렵기 때문이다. 어쩔 수 없이 무리하게 일정을 진행했다.

6월 13일 목요일 오후에 '창원시외버스터미널 → 구미 → 점촌시외버스터미널' 코스로 이동을 했다. 점촌 시내에서 1박을 하고 아침 5시에 출발했다. 얼마 만에 맛보는 새벽 공기인지 상쾌함이 느껴졌다.

조령산에서 흘러내리는 영강과 조령천을 따라 지나가는 길은 적막하기까지 했다. 나 홀로 침묵과 고요의 공간을 지나간다는 느낌이랄까.

이번 종주에 같이하는 친구는 늘 함께하면서도 잊고 지내던 자연이다. 하늘과 바람과 구름, 산과 들 그리고 생명의 모습을 보여

주는 길섶의 야생초들이다. 어느새 구 불정역이 보였다.

불정역은 6·25 전쟁이 끝나고 문경 지역의 석탄을 운송하기 위하여 개통된 문경선 철도(김천~문경)의 한 역이다. 문경선 철도는 1954년 11월에 개통됐다가 1993년 9월에 폐쇄되었다. 역의 건물은 2007년 문화재로 지정되어 관리되고 있으며 역 건물은 주위의 산과 강에서 채취한 돌들로 건축되었다.

폐쇄된 역 안을 봤다.

인간 세상에서 한 고비 두 고비, 인생의 고비를 넘고 넘다 그저 내 한 몸 던져 한 밑천 잡아 살아보자고, 찾아온 이곳 불정 그 뭇 사내들은 다 어디 갔나. 다 어디 있느뇨.

알 수 없는 앞날만 있을 뿐이다.

이제 살날은 남은 시간이 지나온 시간보다 훨씬 짧고 그 끝이 내일일지 언제일지 알 수 없다.

세월이 흘러감에 따라 잠 못 이루는 밤에는 번민도 많다. 별의별 생각이 다 난다.

지금껏 살아오면서 지난 일들은 거의 지워지고 잊히고 그 일부의 그림자만 남아 있다는 것이 얼마나 고마운지 모른다.

잊힌다고 안타까워 말자.

이제는 더 열심히 알뜰히 남은 시간을 살아야 한다.

망각이라는 선물을 준 조물주에 감사해야 한다.

아픔(통증)에도 감사하자.

통증을 느끼지 못하는 육체는 위험하듯 정신도 고통(아픔)을 느끼지 못하면 위험하다. 자극이 없는 삶은 위험하다.

살아있는 물고기를 원거리로 운반할 때는 그 물고기의 천적을 함께 넣어 죽는 것을 방지한다고 하지 않던가. 천적을 함께 넣으면 물고기가 살기 위해 피하느라 살아 있다고 한다.

즉, 어느 정도의 스트레스는 정신력을 강하게 한다는 것.

견딜 만한 아픔은 있어야 한다.

고통을 넘어서면 평온이 온다.

불정역에서

한밤을 달리는 완행열차는

가다가 멈추면 쉬었다 가면 되지만

인간 세상에서 오르락내리락

온갖 용트림에도 쉬어 두 다리 뻗고

잠들지 못하는 이 사내들

추락한 인생들만 싣고

한 밤을 내닫는 완행열차

막장행 완행열차

한숨과 회환

잔기침과 헛헛한 웃음

차창 밖은 모로 보나 뒤로 보나

하늘도 눕고

바람도 눕고

산도 누웠네.

이승에는 찬바람만 이네

아리는 마음

그리운 마음

구겨진 꿈만 가득한 허름한 봇짐에

기대어 잠 못 드는 사내들 싣고 가는 완행열차

뒤돌아보지 마라

허욕의 부스러기는 조령산

새바람에 날려 보내라

여기 이곳은

佛 井

막다른 길에 몰려오는 온갖 수모와 고통도 다 한때 그렇게 그렇게 버티며 지나간 일. 가끔씩 옛일을 뒤돌아보면 그곳에 있던 나의 모습이 희미하게 보인다.

그것은 오늘의 내가 아니다. 잊어버리자.

아련한 슬픔, 알 수 없는 분노와 아쉬움, 미련 다 잊어버리자.

어제는 다 흘러갔다.

오늘은 편안하리라. 내일은 즐거우리라.

이화령 오르막길 5㎞ 앞에 두고 기도했다. 내가 나 자신을 이겨 이 오르막길을 넘을 수 있기를….

오르막길에서 자전거 체인이 한 마디 넘어갈 때마다 터질 듯한 심장과 헐떡이는 허파는 내게는 생의 신비였다. 생이 다시 태어나고 살아갈 이 땅의 질감과 냄새를 온몸으로 받아들이고 또한 그 땅 위에 쓰러지는 생사윤회의 행위라고 할까.

이화령 정상에 도착했다. 서쪽과 북쪽에서 불어오는 바람을 마주하며 까마득히 먼 하늘과 산하를 바라봤다.

발을 딛고 선 이산은 조령산이요, 이 산에 놓여 있는 길은 문경새재길이며, 산세를 따라 만들어진 길은 이화령길이다. 그 아래 나란히 놓인 국도 4차선과 고속도로를 보면 많은 생각이 일어난다.

이제 경상도를 벗어나 충청북도 괴산으로 들어간다. 이화령길의 내리막길이 끝나고 소조령으로 올라간다. 자전거 길은 정확하게도 인생길과 닮았다. "오르막이 있으면 내리막이 있는 법." 나도 모르게 최희준의 「하숙생」 노래를 흥얼거린다. 인생은 나그네 길, 어디서 왔다가 어디로 가느냐!

나 홀로의 여행은 외로움과 동행하는 시간이다.

스스로를 가장 외롭게 만드는 시간이다.

그 외로움 속에서 자신이라는 진정한 친구를 만나고 늘 같이 있어 왔던 것, 태양, 구름, 나무, 숲, 그리고 마누라, 친구를 다시 만나 그 소중함을 재인식하는 시간이다.

우리나라 같이 작은 땅에서도 이화령 고개 하나를 넘었을 뿐인데 경상도 땅에서는 보이지 않던 담배 농사를 짓는 모습이 충청도에서는 많이 보인다. 수안보 인증 센터에 들러 스탬프를 찍었다.

허기진 배를 채우려고 수안보 온천길을 자전거를 끌고 가는데 올갱이국이 많이 보여 식당에 들어가 주문했다. 충청도와 강원도에서는 다슬기를 올갱이라고 부른다. 경상도에서는 다슬기를 고디 또는 골부라고도 하며 전라도 일부 지역에서는 대사리라고도 부른다.

금강산도 식후경이라더니 배를 채우고 나니 여유로운 마음으로 주변을 바라보게 된다.

강도 푸르고 산도 푸르고 내 마음도 푸르다. 평탄한 길과 느릿느릿 불어오는 강바람을 온몸으로 느끼며 탄금대로 향한다. 한반도의 중앙에 있는 충주는 삼국시대부터 고구려, 신라, 백제가 서로 이 땅을 차지하려고 각축을 벌인 곳이다. 그 후 임진란 때에는 조령을 유유히 넘어온 왜군들에게 신립장군이 맞서다 전력의 과부족으로 몸을 던져 자결한 장소이기도 하다.

역사란 무엇인가?

그리고 조국이란 한 인간에게 무슨 의미인가?

푸른 강물은 소리 없이 흘러가고 있다.

탄금대에 서서 선대들의 발자취를 그려 본다. 목행교를 지나 충주댐으로 향했다.

오늘은 충주댐 인증 센터에서 남한강 출발 스탬프를 찍고 충주 시내에서 1박을 하기로 했다

남한강 종주 1 🚴

✺ 충주댐/비내섬/강천보/여주보

나는 날마다 새 세상에서 살고 있다. 모든 길이 처음이요, 새로운 것이다.

잠자리도, 가는 길도, 스쳐가는 마을도 그 모든 것이 새로운 장면이요, 새로운 이야기다.

이 얼마나 아름답고 신나는 일인가.

지나는 곳곳마다 사랑이 있고 죽음이 있고 가난과 슬픔이 있고 희망과 그리움이 있다. 설렘이 있다.

자전거 종주를 시작하면서 매일매일을 새롭게 사는 기분이다. 아니, 나라는 사람이 새사람이 되어 가고 있는 기분이다.

흐르고 또 흘러도 아무런 역사를 쌓지 않는 강물의 자유가 부럽다.

그 강가에서 인간은 기나긴 고통의 역사를 이루었는데 사람들은 강가의 바위가 강물에 쓸리듯이 시간에 쓸리고 있다.

아픈, 더 아픈 시간에 쓸리고 있다.

중원의 역사를 하저에 담고 흐르는 강물이 여울을 이룰 때 목계를 지난다.

옛날 한때 큰 시장이 서던 목게장터의 영화는 가고 없다.

강원도에서 오는 뗏목과 밀물 때 강을 거슬러 올라온 소금배가 들어오는 날이면 닷새고 이레고 장이 섰고 온갖 젓갈, 약초, 옷감들이 강원도로 경상도로 등짐장수들에게 실려 오고갔다.

발걸음을 비내섬으로 향했다. 이곳은 앙성 온천 지구다. 걷다 보니 슈퍼라고 하기에는 아담한 가게가 있었다. 더위와 갈증이 심했던 터라 바나나 아이스바와 냉수 한 병을 샀다. 아이스바를 베어 무니 행복이 별거더냐 싶었다. 냉수 한 모금이 주는 청량감은 더위와 갈증을 한 번에 날려 주었다. 살 것 같다 못해 몸이 날아갈 것 같다는 생각에 왠지 미소가 나왔다. 그런데 자전거 길이 보이지 않았다. 자전거를 돌려 가게로 돌아와 물으니 좌측에 난 산 고갯길을 넘어가야 한단다.

순간 집을 나오면 개고생이라는 말이 떠올랐으나 이내 고개를 저었다. 누가 시켜서 하나. 제 좋아서 하는 짓 쉬엄쉬엄 휘파람 불며 가세, 혼자 중얼거리며 내 마음을 다독였다.

그렇게 비내섬 인증 센터에 도착하니 시원한 강바람이 불어 왔다. 야호, 왠지 모를 환호성도 나왔다.

비내섬은 옛날에 미군 사격장으로 쓰였는데 지금은 자동차 캠핑장과 경비행기 훈련장, 영화 촬영지로 쓰이고 있다. 이곳에서 〈근초고왕〉, 〈정도전〉 등 10편이 넘는 영화가 탄생했다.

강변 양쪽에는 CCTV를 달고 있는 집들이 들어차 있다. 집 건물들이 개성 있어서 영화 속에서 등장하는 그럴듯한 집처럼 보인다. 들 건너 산자락 밑의 마을들과는 영 다른 풍경이다.

집 구경을 마치고 다시 자전거 페달을 밟았다. 2차선 지방도 노견에 선만 그어 놓은 자전거 길을 가려니 너무 위험해서 힘이 들고 겁도 났다.

길가 벤치에 앉아 허기를 달래는데 젊은 사람이 자전거를 끌고 오는 모습이 시야에 잡혔다.

젊은 남자는 자신의 자전거 앞 타이어에 펑크가 났다고 내게 협조를 구하는데 실로 난감했다. 타이어를 교체할 그 어떤 것이라도 가진 것이 있어야 도움을 줄 텐데 나 역시 아무것도 없는 상태였다. 그저 멍하니 젊은 남자의 펑크 난 자전거를 쳐다보는데 바람까지 점점 크게 일었다. 저 멀리 하늘에 구름이 몰려오고 어두워지기까지 했다.

그 젊은이에게 비내섬 인증 센터에는 아무것도 없으니 그냥 마을로 가서 도움을 받아보는 것이 좋겠다고 일러주었다. 그리고는 바로 길을 나서는데 세찬 소나기와 바람이 몰아친다. 자연 앞에서 인간은 참으로 무력해지는구나 싶은 순간이었다. 어떻게 해볼 도리가 없어 그저 속으로 중얼거렸다. 비야 때려라. 더 세게 때려라 나를 씻어 주려무나. 구석구석 속속들이 씻어주려무나.

빗줄기가 가늘어지기를 기다렸다가 다시 길을 떠났다.

손에 잡힐 듯이 지루한 일직선 길을 달려 남한강 대교를 건넜다.

대교를 건너면 강원도 원주시 부론면이다. 다리 끝에는 팔각정이 있었다. 팔각정 몸을 추스르고 휴대폰을 검색하니 강원도 원주, 경기도 여주, 충청북도 충주의 3도가 만나는 지점에 내가 와 있었다. 오늘의 목표지점인 여주보까지는 14㎞ 정도의 거리가 남아 있다. 30분 정도가 지나니 비가 그쳤다. 강천보 인증센터를 지나 여주보로 페달을 밟았다. 강 건너 강가에 자리 잡은 신륵사가 보였다.

오늘 하루 머리에 새긴 경구는 "피할 수 없으면 즐겨라"였다.

남한강 종주 2 🚲

⊛ 이포보/양평군립미술관/능내역/광나루 자전거 공원

　이번에는 3박 4일간의 여정으로 계획된 자전거 길 중 경상도 상주에서 서울 광나루까지의 마지막 날이다.

　몸의 컨디션은 그런대로 양호한 상태였다. 오늘은 서울 광나루에서 고등학교 친구를 만나기로 했는데 이동 거리는 78㎞다. 아침 6시에 출발하면 오후 1시 정도면 도착할 수 있을 것 같다.

　이곳 이포나루터는 조선시대 때 한강의 서울 마포나루터와 광나루, 여주의 조포나루터와 함께 4대 나루터로 부르던 곳이다. 한양과 충청도와 강원도를 잇는 번화한 나루였으나 그 흔적은 세월의 흐름 속에 흔적도 없이 사라지고 없다.

　이포나루터는 조선 제6대 왕인 단종과 관련된 에피소드가 남아있는 곳이기도 하다.

　단종은 17살의 어린 나이에 폐위되어 궁궐을 쫓거나 유배를 떠났다. 한양의 광나루에서 배를 타고 이곳 이포나루를 거쳐 강원도 영월 땅으로 유배를 가면서 단종이 한 많은 눈물을 쏟았던 곳이기도 하다.

이포보에 서서 흐르는 강물을 보며 한 인간의 삶이란 무엇인가를 생각하게 된다.

길고도 짧은 우리의 인생길. 인생길은 참으로 오묘하고 복잡하다.

자신의 의지와 상관없이 침몰하기도 하고 하룻밤 새 벼락출세를 하기도 한다.

천국과 지옥, 부귀와 영화 그리고 행복.

인생(人生)은 진정 모래성인가.

사문유관(四門遊觀)을 한 후 출가를 결행한 29세의 싯다르타(석가모니)를 떠올리며 강물 위에 한가롭게 떠 있는 물새를 아무 생각 없이 바라본다.

한동안 머물던 강가를 떠나 지명도 이상한 개군면으로 들어간다.

물새들은 힘내서 가라고 머리 위를 날고 오른쪽에 자리 잡은 주택에서는 이른 아침 길손을 맞이하느라 개들이 컹컹대며 짖어 댄다.

내 주변의 남들이 하지 않았던 국토 종주 자전거 길.

시작이 반이라고 벌써 서울이 눈에 아른거린다. 나 자신이 참으로 대견스럽다는 생각에 가슴이 뿌듯하다. 이 길을 가르쳐준 친구에게도 새삼 고마운 마음이 들었다.

처음 가는 이 신세계에 내 온몸을 움직여 가는 자전거 길이 설레고 흥분되고 살아 있음을 느끼는 길이다.

아이들은 아프면서 자라난다고 했듯이 나 역시 육체적인 고통을 느끼면서 성장을 하는 것 같다. 몸이 아픈 만큼 내 가슴은 열리고

마음의 상처 역시 하나둘 떨어져 나가는 것 같다.

어느 덧 양평 읍내다. 읍내를 한참 지났는데도 목표 지점인 양평 군립미술관은 보이질 않는다.

온몸에 힘이 쏙 빠져나가는 것만 같다. 거리로 아침 산책을 나온 분에게 물어보니 하천을 건너가서 곧장 내려가면 오른쪽에 보건소 건물이 보이고 그 옆으로 들어가면 된단다.

막상 눈앞에 군립미술관이 보이자 감탄사가 나왔다. 와! 세상에 나, 군립미술관이 있다니. 믿어지지 않는 현실이 눈앞에 있었다. 큰 도시(도청 소재지)에나 있는 줄 알았던 미술관이 군 단위에 있다 니 양평군이 새롭게 보였다.

경의 중앙선 '오빈역' 이정표가 보였다. 처음 보는 경의 중앙선 철 도라 안내문을 자세히 읽어 봤다.

안내문

경의 중앙선은 문산역-수색-서울역-용산-한남-청량리-구리-덕소-팔당- 양수리-양평-지평(128㎞, 2014년 12월 개통)을 잇는 지하철 노선이다.

양평하면 용문산에 대한 기억이 떠오른다.

1973년 대학 2학년 때 용문산을 산행하고 처음으로 스쳐지나간

곳이 양평이다.

47년 만에 와 보는 양평은 낯선 느낌뿐이었다. 남한강이 보이는 것 외에는 어디가 어딘지 전혀 기억에 없다.

주변을 둘러보니 '양평곤충박물관' 팻말이 보인다. 역시나 낯선 이름이다. 갈 길이 바쁜 길손은 그냥 지나칠 수밖에 없는 곳인데도 양평군은 참으로 다양한 문화 사업을 하는 지방자치단체라는 생각이 들었다.

아신역 입구를 지나는데 경찰차가 보이고 소란스럽다. 자전거를 세워 보니 승용차와 자전거의 충돌사고가 있었던 모양이었다. 안타까운 마음으로 사고 현장을 쳐다봤다. 자신이 가는 길이 무탈하지 않기를 바라는 사람이 어디 있을까.

특히나 자전거는 일정 속도가 있고, 온몸이 노출되어 있기 때문에 안전은 시작이요, 끝임을 다시 한 번 새기게 된다. 사고 현장을 뒤로하고 천천히 나의 길을 나섰다.

나는 옛 경춘선 철길이 자전거 전용 길로 바뀐 장소에서 강바람이 일듯 시원스레 서울로 향한다.

끊임없이 페달을 밟으니 드디어 양수리다.

양수리 역시 옛 모습은 찾을 길이 없다. 휴일이어서 그런지 자동차가 많아 자전거를 타고 진행할 수가 없어 걷다, 타다를 반복했다.

겨우 북한강의 출발 지점인 밝은 광장 인증 센터에 도착해 냉커피 맛도 보고 주린 배도 보충했다.

양수리, 남한강과 북한강이 만나는 곳

수도권이라 그런지 자전거 타는 사람들이 너무 많아 천천히 조심조심 페달을 밟으며 서울로 향했다.

옛날 경춘선의 능내역을 지나 자전거 물결을 따라 팔당대교를 향해 페달을 밟았다. 나 역시 강물의 흐름처럼 자전거의 물결을 따라 천천히 흘러갔다.

팔당대교를 지나 하남시와 미사리 조정 경기장을 지났다. 조용한 강변 녹지대와 잘 가꾸어진 강변공원길을 하늘을 나는 새처럼 가볍게 전진했다.

강의 남쪽은 하남, 북쪽은 양주시, 강 양안은 온통 아파트 산이다.

미사대교를 지나니 강폭은 엄청 넓어진다. 그러고 보니 이곳은 강폭이 넓다고 해서 광나루라고 했나 보다.

이름도 생소한 강동대교 밑을 지나는데 아코디언 연주 소리가 크게 들렸다. 궁금함에 가 보니 외국인 2명이 연주를 하고 있었다. 스피커도 없는데 다리 아래라서 그런지 아코디언 연주 소리가 크게 들렸다.

다리 아래에 음악이 흐르는 분위기에 잠시 기분이 전환되는 느낌이었다. 연주가 끝나고 나는 다시 다른 코스로 출발을 했다. 암사대교를 지나 광나루 자전거 공원에 안착했다.

넓은 광나루강변공원에서 휴대폰으로 친구와 연락하여 만나니 무척 반가웠다.

이 친구는 고교 시절, 같은 방에 하숙을 했던 친구다. 고3 때는 많이도 친구 집에 놀러 다녔고, 친구 삼촌에게 바둑을 배우기도 했다. 친구는 자신의 와이프가 과일 도시락을 챙겨 주었다며 내어 놓았다. 한참을 자전거를 타서 그런지 정성스럽게 준비해 준 과일은 꿀맛이었다. 과일을 먹고는 친구랑 같이 자전거로 반포 고속터미널로 향했다. 우리는 그곳에서 늦은 점심으로 국밥을 한 그릇씩 먹고 나는 창원행 고속버스로 낙향했다.

한강 자전거 길 / 아라 자전거 길 🚲

◉ 반포대교에서 아라서해갑문까지

오늘 일정은 6시 창원에서 고속버스로 서울로 출발하여 오후 4시 인천에서 고속버스로 창원으로 돌아오는 여정이다. 우연히 시작된 자전거 타기에서 국토 종주 자전거 길(633㎞, 부산 낙동강 하굿둑~인천 아라서해갑문)을 완주하는 날인 것이다.

아무런 준비나 계획도 없이 덜컥 자전거를 구입하여 낙동강변을 달린 첫날에 내 눈에 비친 삼랑진 근처의 강은 너무나 벅찬 광경이었다. 한없이 도도하면서도 조용히 침잠되어 멈춘 듯 흐르는 낙동강의 물결. 뭇 인간들의 역사를 담고 있는 침묵의 강은 말할 수 없이 나를 잡아당겼다. 흘러가는 강물은 다시는 만날 수 없고, 같은 물에 두 번 손을 넣을 수 없듯이 되돌아올 수 없는 길을 가는 강물은 곧 우리의 인생길이어라.

인간은 누구나 꿈을 꾸면서 인생이라는 먼 길을, 끝이 어딘지 알 수 없는 길을 간다.

밤에는 꿈을 꾸며 보내고 낮에는 꿈을 품고 살아간다.

밤에 꾸는 꿈은 지난날의 일이 명멸하지만 낮에 꾸는 꿈에는 앞으로의 삶에 대한 희망과 기대와 목표들이다.

꿈이 없는 사람은 스스로의 자아실현과 자기 발전을 포기한 것이나 다름없다.

괴테는 사람이라면 노년이 되어도 꿈을 잃지 말라고 했다. 우리 인간의 영혼은 꿈을 먹어야 살 수 있기 때문일 것이다.

하지만 꿈이 있고 열정이 있다고 해서 어떻게 하고 싶은 일을 다 하고, 하는 일마다 다 잘할 수 있겠나. 그럴 리도 없고, 그럴 자신도 없다.

처음 먹었던 마음이 한 번도 흔들리지 않을 자신은 없다.

그러나 하기로 한 일은 끝까지 할 자신은 있다. 그 일을 하면서 내가 가진 어떤 힘도 아끼지 않을 자신은 있다.

물론 있는 힘을 다해도 안 되는 일은 이전에도 있었고 앞으로도 있을 것이다.

그러나 나 스스로에게 진인사(盡人事)했노라 말할 수 있다면 그 어떠한 일에 미련도 후회도 원망도 아쉬움 역시 없다.

오늘은 내 조국의 국토 종주 633㎞를 자전거로 완주하는 날이다.

서해바다를 바라보며 서 있는 내 모습에 스스로 설레고 가슴이 뛴다. 반포대교를 출발하여 여의도를 1차 목표 지점으로 내달린다. 강바람처럼 가볍게 굴러가는 두 바퀴가 경쾌하다. 1970년대 초반에는 행주대교를 시작으로 성산대교, 한강철교 등 10개도 채 되지 않던 다리가 한강에는 왜 이리도 많은지.

지금은 31개의 다리가 한강을 남북으로 연결하고 있다.

열거하면 일산대교, 김포대교, 신행주대교, 방화대교, 마곡철교, 가양대교, 성산대교, 양화대교, 당산철교, 서강대교, 마포대교, 원효대교, 노량대교, 한강대교, 한강철교, 동작대교, 반포대교, 한남대교, 동호대교, 잠수교, 성수대교, 영동대교, 청담대교, 잠실대교, 잠실철교, 올림픽대교, 천호대교, 강동대교, 미사대교, 팔당대교, 광진교이다.

서울의 한강은 삼국시대 때부터 한강 유역을 차지하는 나라가 한반도의 패권을 장악했던 역사를 가지고 있다. 조선 오백 년 도읍, 일제로부터 광복 이후, 대한민국의 수도. 그리고 1950년 6·25 전쟁으로 인한 폐허의 땅.

1960년 이후 '우리도 한 번 잘 살아보세'라는 정신으로 이룩한 경제 개발과 민주화를 이룩한 것이 '한강의 기적'이었다.

한민족의 눈물과 땀, 배고픔과 서러움이 배어 있는 한강은 도도히 서해로 흘러간다.

하늘에는 새들이 날아가고 구름이 흘러가고 스쳐지나가는 강바람 따라 「서울의 찬가」 노래가 들려왔다.

속으로 '아름다운 서울에서 살렵니다'라는 가사를 홍얼거리며 한때 서울의 상징이었던 63빌딩 앞에 도착했다. 먼 옛날 학창시절과 첫 직장생활을 회상하며 휴식을 취하는데 연인 한 쌍이 사진 촬영을 부탁했다. 나름 멋지고 예쁘게 찍으려고 이리 찍고 저리 찍고 성심을 다했다. 그러고는 나도 63빌딩을 배경으로 한 컷 찍어 달라고 부탁을 했다. 그랬더니 커플 중 한 사람이 나한테 말을 걸었다.

"어르신, 어디서 오셨는데요? 여기서 또 어디까지 가시게요?"

내가 부산 낙동강 하굿둑에서 인천 서해갑문까지 가는 길이라고 대답하자 커플이 놀란다. 이야기를 나누어 보니 커플은 2년 차 신혼부부라는 것. 그들은 나를 보고 용기를 내 보겠다며 올해는 부산 하굿둑까지 꼭 종주하자고 손깍지를 끼며 약속을 했다. 부부는 내가 보증인이라며 미소 지었다. 그 젊음이 부럽다.

온 세상에 꽃이 피어나고, 그 꽃향기는 사방으로 퍼져나가고 따뜻한 햇살은 나의 어깨에 머물고 향긋하고 싱그러운 강바람은 내 뺨을 스친다.

이제 너는 행복하거라.

부디부디 아름다운 것을 많이 보고, 누리며 행복하게 살다 가라 하네.

이제 국토 종주 남은 길은 35㎞.

아무도 나를 기다리지 않고 반길 사람 없는 인천 서해갑문 종착지이지만 가슴은 뛴다.

어서 빨리 가자고 한다. 나는 또 다시 길을 나섰다.

당산철교 밑을 지나고 양화대교에 이르렀다. 서울을 관통하는 한강은 그곳이 어떤 지역이든 우리 역사의 큰 흔적이 묻어 있다.

안양천과 한강이 합류하는 양화대교는 고려시대부터 한강의 주요 나루터인 양화나루라고 불렀다. 조선시대에는 한성 방어의 요충지로 양화진이 설치되고 군사도 상주했다.

양화나루 위쪽의 잠두봉[3]이 있는데 봉우리 모양이 마치 누에가 머리를 들고 있는 것 같다는 데서 유래되었다. 1866년(고종 3년) 병인양요가 일어나면서 잠두봉의 역사는 일변하게 되었다. 당시 조선 조정에서는 천주교 신자들이 프랑스인과 내통한 데서 병인양요가 일어난 것으로 판단하여 많은 천주교 신자들을 색출했다. 조선 조정은 프랑스 함대가 정박했던 양화진에서 천주교 신자들을 처형하였고 이때부터 잠두봉은 절두산(切頭山)으로 불리게 되었다.

한국 천주교회는 1966년 병인순교 100주년을 기념하여 절두산 일대를 매입한 뒤 성당과 순교 기념관을 건립하여 절두산 성지라고 부르고 있다.

성산대교를 지나 염창교를 지난다. 지나간 옛 시절의 추억이 잠시 나를 머물게 한다.

나루터는 배가 들어오고 나가는 곳이다. 오고가는 공간에서 사람들은 만나고 헤어지고 울고 웃는다.

강을 지나는 여행자는 그저 그곳을 스쳐 지나가는 환영 같은 존재에 불과하다.

그러나 이곳에 시선을 묻고 머물 동안만은 먹먹한 가슴으로 강

---

3) 현재는 한강 유람선의 '잠두봉 선착장'으로 사용한다.

물을 응시한다.

아무 생각 없이….

혹자는 가슴 구석구석에 박혀 있는 긁힌 자국들을 꺼내어 털기도 하고 딱지를 떼내기도 하고 까닭 없이 눈물을 흘리기도 한다.

나는 묘하게도 강물을 바라보면 마음이 가벼워진다.

까닭 없이 흐르는 눈물이 내 몸에서 비워지는 만큼 마음 역시 비워지고 행복이 보이는 것 같다.

왜 그러느냐고는 묻지 마라.

이 시간에 이렇게 존재하고 있다는 사실만으로도 감사하고 행복하다.

가양대교를 지나고 마곡철교를 지난 자전거 길은 한강의 끝 지점으로 나를 이끈다.

강은 점점 넓어지고 바람은 제법 세차게 불어온다.

강바람이 아니라 서해바다 바람이겠다.

옛적 행주대교의 모습은 추억으로만 떠올리고 아라한강갑문에 도착을 했다.

⑯ 한강(漢江)

길이로는 514㎞. 우리나라에서 압록강, 두만강, 낙동강 다음으로 네 번째의 강. 금강산에서 발원한 북한강과 강원도 태백시 검룡소에서 발원한 남한강이 양수리에서 합류하여 서해로 흘러간다. 이름은 신성하거나 크다는 뜻의 '한'과 강의 옛 이름인 '가람'에서 크고 넓은 강이라는 뜻이다.

삼국시대 때 한강을 부른 이름은 각기 다르다. 고구려에서는 아리수, 백제는 욱리하, 신라는 이하(상류) 왕봉하(하류)라고 불렀다.

고려시대 때는 맑고 밝게 뻗어 내린 긴 강이라는 뜻으로 '열수'라 지칭했다. 조선시대 후기부터는 옛 이름이 점차 사라지고 '한강'으로 불리었다.

노자는 『도덕경』에서 도를 물에 견주어 다음과 같이 말했다.

"최고의 선은 물과 같다. 물은 만물을 이롭게 하나 스스로를 내세우지 아니하며 많은 사람이 싫어하는 낮은 곳에 스스로를 둔다. 이것이 도다."

유수부쟁선(流水不爭先), 흐르는 물은 앞을 다투지 않는다.

사람도 물처럼 살면 다투지 않고 마침내는 큰 바다에 도달할 수 있다는 뜻이다. 즉, 타인과 다투지 말고 겸손하게 낮은 곳으로 임하라고 가르쳐주고 있다.

물 수 변(氵)에 흘러간다는 의미의 거(去) 자를 합해서 법 법(法) 자를 만들었다. 물은 높은 곳에서 낮은 곳으로 흐르듯 자연의 순리에 순응해서 지켜야 하는 것이 법이라는 뜻이기도 하다.

또한 훈(訓) 자는 내(川)가 흐르는 소리(言)가 가르치고 인도한다는 의미로 남을 가르치거나 인도할 때는 물처럼 해야 한다는 의미이기도 하다.

나는 자전거 여행을 하면서 어디서 오는지 어디로 가는지 알 수 없는 바람을 벗 삼아 한강을 달려왔다.

영욕의 강, 역사의 강, 기적의 강을 달려왔다.

아라한강갑문 둔치에서 서해와 만나는 한강물을 바라보며 오늘의 내 나라, 대한민국을 생각한다.

지금 우리나라는 어디에 서 있으며 어디로 가고 있는지. 어지러운 이 나라의 현실을… 아! 아! 슬프다.

◉ 아라뱃길 21㎞

서해와 한강을 연결하는 경인운하(아래뱃길)는 고려 고종 시대와 조선시대에도 굴포천을 중심으로 하여 물길을 내려는 시도가 있었다. 그러나 끝끝내는 인천 원통 고개의 암석층에 막혀 포기했다. 시대가 바뀌어 1995년부터는 홍수 방지와 운하로서의 활용을 위하여 사업 개시를 검토했다. 2009년에는 개발 사업을 시작하여 2012년 5월 25일 우리나라 최초의 운하인 '경인아라뱃길'이 개통되었다. 그 당시 사업비는 2조 3천억 원이 투입되었는데 그때나 지금이나 말도 많고 탈도 많은 뱃길이다. 폭 80m, 수심 6m, 길이 18㎞로 인천 서구 오류동에서 서울 강서구 개화동을 잇는 운하다. 현재로서는 상업적인 활용도가 제로 상태인데 운하의 활용 방안을 꾸준히 강구해야 할 것으로 생각된다.

깨끗이 잘 조성된 수변공원의 모습이 보였다. 매끄러운 자전거 전용길을 바람처럼 빠르게 앞으로 나아간다.

간혹 갯내음이 나는 세찬 서해바람은 나의 앞길을 막기도 했다.

오라는 사람 없고 기다리는 사람도 없는 서해바다로 가는 길. 그곳에는 세찬 바람에 일렁이는 서해 물결이 나를 맞이해 줄 것이니라.

바람결에 지나온 여정들이 머릿속에 스친다.

드디어 대한민국 땅 서쪽 끝 정서진(正西津)에 도착했다. 67세의 한 사내가 자전거를 타고 국토 종주 633㎞를 시도했고 드디어 그 끝 지점인 서해 해변 둑에 섰다.

두 팔을 들고 "서해야, 너를 보러 내가 왔다!"라고 크게 소리 내질렀다.

몸을 구부려 부산 633㎞ 표지석을 쓰다듬는다. 여기 오기까지 스쳐간 고마운 인연들에게 무언의 감사인사를 전하고 싶다. 또한 이 시간, 이 자리에 몸성히 존재한다는 자체만으로도 행복하다. 너무 행복하다.

633 광장을 이곳저곳을 둘러보다 친구인 듯한 두 사내에게 휴대폰을 건네며 기념 사진을 부탁했다. 사진 찍는 도중에 그들과 몇 마디가 오갔는데 갑자기 나를 얼싸안았다.

나를 안았던 남자가 말했다. 47세인 자신도 2년 동안 국토 종주 길을 도전하다 말고를 여러 번 되풀이했는데 67세의 나이에 해냈다니 정말 대단하고 스스로에게 부끄럽단다. 그러고는 자신의 휴대폰으로 내 사진을 찍고는 바로 내 휴대폰으로 전송해 주었다.

의아한 마음에 내 사진을 왜 그의 휴대폰으로 찍었느냐고 물었다. 그가 웃으면서 답변을 했다. 2020년까지는 꼭 부산 하굿둑까지 도전해서 성공할 것고 그 길이 힘들고 중도에서 포기할 마음이 생기면 내 사진을 보고 또 보며 힘을 낼 것이라고 했다. 덧붙여 부산 하굿둑에 도착을 하면 나에게 전화를 하겠단다. 서로 굳은 약속을 하고 나는 왔던 길을 되돌아 인천 지하철 1호선 계양역으로 출발했다.

문득 이런 글귀가 생각난다.

"생각만 하지 말고 지금, 오늘 바로 도전하자. 실행하자. 했던 일에 대한 후회는 시간이 흐를수록 점점 작아지고 해보지 않은 일에 대한 후회는 점점 커진다."

오천 자전거 길

이번 일정은 6시에 내 차로 창원을 출발하여 괴산에서 청주 무심천까지 이동을 하고 청주에서 괴산까지 시외버스로 이동하여 7월 7일 일요일에 북한강 종주를 마치는 것이다.

충청북도 괴산군 연풍면 행촌 교차로에서 시작하여 괴산의 쌍천, 달천, 성황천, 증평의 보강천, 청원, 청주, 세종의 미호천을 일러 오천(五川)이라 하며, 그 길이는 105㎞다.

오천은 문경새재와 금강을 잇고 있다.

금번 오천 자전거 길의 출발지인 괴강교는 괴산 시외버스 터미널에서 10분 거리에 있어 접근성이 그 어느 출발지보다 좋다. 지금껏 살아오면서 속리산 등산한다고 충청북도를 들러 봤지만 이렇게 충청북도를 가로질러 흙냄새 맡으며 가기는 처음인지라 왠지 설렌다. 내 천(川) 자를 쓰지만 웬만한 강 모습을 보이고 그 경관도 수려하니 기분이 좋고 조용하다.

　　마음이 저 강물같이 맑고 고요해짐을 느낀다.

오천 자전거 길의 전반적인 모습은 아기자기한 충청도 사람의 모습 그대로인 것 같다. 다소곳하게 조용조용히 모든 풍경이 눈에 들어온다. 이건 나만의 생각일시 모르지만 조그마한 읍 소재지 아니면 면 소재지까지 주위 경관과 관계없이 여기저기 불뚝불뚝 서 있는 고층 아파트는 정말 조용한 시골 모습과는 너무 어울리지 않는 꼴볼견을 오늘도 목도하고 지내야 하니 영 기분이 헝클어진다. 나만의 별난 감정일까?

논길, 둑방 길, 시골마을 안길을 지나 증평 읍내에 있는 백로공원. 이름하여 백로이건만 백로도 사람도 보이지 않고, 찾을 길도 없구나.

보강천은 중부고속도 증평IC 부근에서 미호천으로 이어지며 청주를 향해 흐른다.

무심천교 무인 인증 부스를 끝으로 오천 자전거 길을 끝내고 또 매일 피곤한 시내 길을 달려 청주시외버스터미널에 가야 할 시간, 그런데 청주는 시외버스터미널과 고속버스터미널이 길 하나 건너 따로따로 있는데 청주센트럴터미널은 고속버스가 아니라 시외버스터미널이라는 사실. 도대체가 고속이면 고속, 시외면 시외라고 표기하면 될 텐데 왜 어디에도 없는 이름을 사용하고 있는지 이해가 되지 않았다.

북한강 종주 자전거 길 🚴

　근자에 회자되는 말로 덕후와 덕질이 있는데 그 뜻을 살펴보면 덕후는 일본말로 오타쿠라 한다. 그 뜻은 집 안에 틀어 박혀 취미생활 등에만 몰두하는, 사회성이 부족한 사람들이라는 말로 정의되어 있다. 그러나 현재에는 그 뜻이 변하여 어떤 한 분야에 흥미와 열정을 가지고 부지런히 하는 사람을 이른다.

　덕질이란 어떤 한 분야를 열성적으로 좋아해서 그와 관련된 것을 모으거나 파고들어 열성적으로 몰두하는 것을 말한다.

　누가 시켜서는 하지 못할 덕후 노릇과 중년의 덕질은 친구와 술 한 잔을 마시는 기쁨이나 돈이 생기는 일과는 다른 그 무엇이 있다.

　그것은 바로 행복한 자신감과 성취감이랄까.

　오롯이 나 자신만을 위해 몰입하면서 미처 해 보지 못한 것을 새로이 시작하는 계기가 된다.

　60이 넘은 나이에 아직도 뭔가 새롭게 시작하고자 하는 열정을 확인했을 때의 기쁨이란 참으로 설레는 일이다.

　인생 이모작의 시기에 내가 진정으로 원하는 삶을 살고자 하는 지금부터야말로 덕질하기 딱 좋은 시절이 아닌가 싶다.

열정과 설렘이 있는 한 나이는 숫자일 뿐이고 꿈은 꿈으로 잠시 머릿속에 그려졌다 마는 그런 꿈이 아니라 내 스스로 이루어 가는 꿈이 된다. 그리하여 그 꿈을 이루어 가는 자신을 발견할 수 있게 된다.

세계 최초로 히말라야를 정복한 힐러리 경은 "도전이야말로 인간의 본질이다"라고 했다. 곧, 종두득두(種豆得豆)요, 종과득과(種瓜得瓜)라. 콩 심은 데 콩 나고 팥 심은 데 팥 난다. 인생은 예술이다. 내 인생은 내가 조각하여 완성된다.

어슴푸레 새 날이 밝아 온다. 나는 서둘러 길을 나섰다. 대학 1학년 때 지나간 그 경춘가도는 어디메고 찾을 길이 없다. 그 세월이 언제이던가. 벌써 50년이 다 되었는데….

세월부대인(歲月不待人)이라 하였던가.

첫 관문인 샛터 삼거리 인증 센터를 지나는데 북한강이라는 생각이 별로 들지 않았다.

아니 이제야 자전거 길은 강변으로 나란히 이어져 간다. 청평역을 지나고 온통 펜션과 모텔, 주점 등 놀고 마시고 먹는 곳으로 이어져 있다. 그래도 이른 아침이라 그런지 조용해서 좋다. 가평역을 지나 경강교에 올라섰는데 커다란 가평 록 페스티벌 입간판이 눈을 압도한다.

속으로 '무슨 이런 일이…' 하면서 자전거를 멈추고 검색해 보니 가평이 국내에서 유명한 록 페스티벌의 고장이라네.

가평 자라섬 록 페스티벌은 2003년부터 시작을 했으니 올해로 16회가 되었다. 그리고 이제는 국제적인 규모로 사흘 동안 행사가 진행된다고 한다.

강경교를 지나는데 저 멀리 산등성이에서 아침 햇살이 살짝 비춘다. 근 70년의 만만치 않는 인생길을 왔던 것처럼 부산을 떠나 인천까지 그리고 춘천으로 만만치 않는 자전거 길을 달려간다.

강경교를 지나서는 드디어 강과 내가 하나가 되어 달린다.

세상이 멈춰 버린 듯 고요하다. 낮고 옅게 낀 물안개에 조금 몽환적인 그런 풍광이다.

하늘은 맑고 푸르고 여유로이 흰 구름만 흐르는 듯 멈추어선 듯, 이를 말하여 선경(仙景)이라 했던가.

인생은 구름 나그네라 했던가.

잘난 사람, 못난 사람, 배운 사람, 못 배운 사람, 가진 사람, 못 가진 사람, 그 인생 모두는 저마다 희로애락애오욕(喜怒哀樂愛惡慾)의 길을 크든 작든 거쳐 지나간다.

그 길에 울고 웃는다. 이제 돌아보니 그 모든 것이 바람이요, 구름 같은 것. 이 풍진 세상 남은 세월 허허로이 살다 가련다.

오른쪽 언덕 위에는 백양리역이 보였다.

잠시 멈추어 허기를 달래고 체조로 몸을 풀었다. 좀 더 젊었을 때 이런 곳도 와 보고 살아야 했는데, 머리가 허옇게 되어 근 50년 만에 북한강을 구경하누나 싶다.

어느덧 강촌 유원지에 도착했다. 내 입에서 감탄이 새어 나왔다. 세상에 이렇게 변할 수가.

강촌 유원지는 어느새 도시 번화가로 변해 있었다.

옛날 다리 하나가 남아 있어 자전거 전용 길이 되었구나.

편의점에 들러 빵 하나에 바나나 우유로 천 리 길을 넘게 떠나온 내 주린 배를 채운다.

다리 위에서 자전거를 타지 않고 끌고 가는데 아침 산보 나오신 아주머니가 내게 말을 건넨다. "이렇게 이른 아침에 이곳에서 자전거를 타시는 걸 보니 이 길의 멋과 맛을 아시는 분 같아요."

내가 웃으며 무슨 말씀이시냐고 물었다. 아주머니 말인즉 대한민국은 어디를 가도 사계절 내내 이만큼 풍광 좋은 곳은 없다며, 특히 아침에 해 뜰 녘이 제일 좋단다.

가을과 겨울에도 꼭 한 번 오라는 당부의 말을 듣고 나는 길을 재촉했다. 드디어 의암댐[4]에 도착. 감회가 새롭다.

---

4) 1967년에 완공되었다.

어릴 때 대한 뉴스에서 봤던 의암댐 준공 표지판을 보니 '국무총
리 정일권'이라고 새겨져 있다. 멀리 춘천 시내가 보이고 나는 천천
히 여유 있게 페달 밟아 앞으로 나아간다.

의암호 문인의 길에는 이런 글귀가 걸려 있다.

"인간은 운명의 포로가 아니라 단지 마음의 포로일
뿐이다."

– 프랭클린 루즈벨트

운명이네, 팔자네 하고 말하기 전에 정말 최선을 다했는지 자기
자신에게 묻고 반성하며 나의 길을 당당히 간다면 조금은 떳떳
한 인격체로 살아갈 수 있다는 말이다.

북한강을 만나

아직도 버리지 못했구나
허망한 꿈들을
욕심 욕망은 다 마음의 짐이라는 걸 이제야 깨치건만
그 모두를 쉬이 내려놓지를 못하고 있구나.

저 과수목이 그렇듯
70년 세월이면
이 땅 위에 생명이 붙어 있는 그 무엇도 70년 세월이면
봄이면 새순도 제대로 피워내지 못하건만
어이 가을에 열매를 기대할소냐.
아서라. 마서라 말도 많고 탈도 많은 인생길

이제 이 시간에 뭘 더 얻으려 하는가 뭘 더 가지려
하는가,
성한 사지로 내 마음 닿는 곳으로 갈 수 있는 것만으로도
감사하고 고맙게 생각해야제.

지나온 생의 뒤안길

강을 덮은 새벽안개 같구려.

푸르름이 더욱 짙어가는 7월

이 몸도 이 땅에 발 딛고 사는 그날까지

싱싱한 마음 푸른 마음으로 살아가야지.

인간의 욕구 중 마지막 단계가 "자기실현의 욕구"다.

돈을 많이 버는 것도, 공부를 많이 하는 것도, 사장이 되는 것도, 국회의원이 되고, 올림픽에서 금메달을 따는 것도 결국에는 '자기실현의 욕구'라 할 수 있다. 문제는 그러한 자리와 계급과 돈, 그리고 학식을 얻는 자체만으로는 자기실현의 욕구를 이룬다고 할 수 없다는 점이다. 그렇기 때문에 그러한 것들만 얻고자 생활을 영위하는 데에서 많은 인간들이 몰락하고 지탄받는 것을 볼 수 있다.

결국 수많은 시련과 역경을 헤치고 살아온 성취감과 자긍심 그리고 자존감을 갖고, 이 인간사회에 말과 행동으로 모범이 되고 귀감이 될 때 진정한 자기실현의 욕구가 발현되고 이루어졌다고 할 수 있을 것이다.

와우!

이 아름다운 풍광, 가는 길을 멈추고 또 멈춘다.

생명의 생존 본능을 보고 놀란다. 발길을 뗄 수가 없다.

의암호 안에 솟아 있는 조그마한 바위 2개 위에 뿌리를 내리고 살아 있는 나무에 생명의 끈질김, 경외감을 느낀다.

나무처럼 살아라 한다.
나무처럼 그렇게 성장하라.
나무처럼 그렇게 깊어져라.
나무처럼 그렇게 받아들여라.
나무처럼 그렇게 올바르거라.

이 아름다운 내 조국 산하를 가는 길에서
인생길은 오롯이 제 혼자의 몫이라는 것을
새삼 깨워지는 것은 나에게 아주 귀중한 각성제

나무마다
오가는 길마다
삶의 보금자리인 울타리마다
꽃이 한창이고...
난
나는 한 마리의 나비가 되어
이 아름답고 정겨운 물줄기를 따라

훨훨 자유롭게 날며

이 생애 다시 못 올 마지막 길을

곱게도

아프게도

되새기며 가네

애니메이션박물관과 강원음악창작소가 있어 설레는 마음으로 들어갔다. 그러나 내부 출입 금지였다.

주변에 잘 가꾸어진 경내 이곳저곳을 둘러봤다. 그리고 춘천 문학공원 길을 천천히 걸었다. 그리고는 의암호를 바라보며 간간히 나는 물새를 바라봤다.

이런 내 행동을 '넋 놓고 있기'라고 해야 하나. 우리 인생길은 수많은 사연의 무덤, 늘 행복과 불행이 교차해 가며 슬픔과 기쁨도 얽힌 실타래처럼 휘감고 있어 그 속을 헤매다 편안히 눈을 감지 못하고 이 세상을 떠나는 외롭고 쓸쓸한 인생길. 그래서 무위자연(無爲自然)이라 했던가.

일상의 삶을 벗어나 삶을 보아야 삶이, 내 모습이 보인다.

그래서 시간과 공간의 여백이 중요하다.

그래서 혼자만의 그것도 어느 정도의 고통이 수반되는 여행은 무언가를 얻으려고 하는 것이 아니라 일상의 자기를 내려놓고 자연과 더불어 자유로워지는 것이리라.

하늘 아래 눈부시지 않는 삶(생명체)이 어디 있으랴!

이 땅 위에 살아 있는 모든 생명체는 저마다의 고난을 견디고서 스스로 살아남아 생명의 존엄성을 지키고 있는 위대한 존재다.

드디어 신매대교 인증 센터 도착으로 북한강 종주 자전거 길을 끝내고 잘 관리된 북한강 둑길을 따라 춘천역에 도착하여 경춘선 전철로 춘천을 떠난다.

꼭 다시 오고픈 북한강 자전거 길이다.

금강 종주길 1 🚲

◉ 금강 하굿둑

금강이 사멸되어 강물이 서해로 바뀌는 곳, 자전거 길 표지판에는 '대청댐 146㎞'라고 써 있다. '어찌하여 나는 이제야 이 길을 나섰는가. 조금만 일찍 이 길을 찾았으면 좋으련만. 아니야! 오늘이 내 생애 가장 젊은 날이 아닌가' 하며 마음을 다잡고 출발을 했다.

확 트인 금강 하류는 정말이지 대천바다 같은 강이다. 하굿둑 인증 센터를 지나 한적한 휴게소에서 아침햇살 벗하며 빵과 두유, 커피로 아침식사를 했다.

자전거 전용 길이 넓게 잘 정돈되어 온전히 나를 위해 준비된 길 같다는 생각이 들었다. 그래서인지 지나가는 이 길은 마음이 참 편했다.

이른 시간이라 라이더들은 보이지 않았다. 15~20㎞ 정도를 달리다가 한 번씩 쉴 때마다 라이더들을 휴게 장소에서 만나면 어르신이 그 연세에 어떻게 힘든 자전거 길을 나섰느냐는 인사말을 듣지 않으니 속이 편했다.

그때마다 속으로 중얼거렸다. '내 나이가 어때서? 자주 쉬고 젊

은 사람들만큼 속도를 내지 못할 뿐이지…'

나는 4대강을 비롯해 국토 종주 자전거 길을 나서면서 운행 계획을 짤 때, 아침에 길만 보이면 출발하는 것을 기본으로 정했다. 고갯길은 힘이 부대끼면 끌고 올라가고 자주 잠깐씩 쉬고 가는 것으로 정했다. 강물은 말이 없다.

모든 생명력을 받아들이는 모든 생명체의 근원, 탐욕스러운 우리 인간들 또한 한낱 한 방울의 물에 불과할 뿐….

자전거 길은 완전한 고속도로, 나만을 위한 고속도로다.

◉ 아름다운 우리 강산

좌우로 파란 강물과 어울린 푸른 평야 그리고 드높은 하늘. 정말 정겨운 내 나라 내 강산 언제 또 다시 이 길을 올 수 있을까? 갑자기 내 나이가 슬퍼진다.

자전거 길 라이딩은 원초적인 자연을 끼고 행하는 심신단련과 수양의 스포츠 운동이다.

외로움과 고통의 길이요, 깨달음의 길이다.

사실 라이딩은 마라톤과 같다고 해야 할 것 같다. 자신과의 싸움이며 목적지를 향한 전진은 정신적 고통과 육체적 고통을 이겨내지 못하면 불가능하기 때문이다.

라이딩에 나서서 가장 아쉬운 것은 지역의 명승지나 역사 유적지를 일정 관계상 그냥 지나치는 것이다. 오늘도 마찬가지로 강경 포구, 부여 시내를 그냥 지나가야 했다.

낙화암을 보며 백마강에 사라진 꽃 같은 청춘들을 떠올렸다.

오늘의 이 나라 현실이 머릿속에 대비되어 왠지 서글퍼진다. 역사는 돌고 돈다지만 왠지 앞이 보이지 않는 오늘날의 현실이 안타깝다.

아, 어이할꼬! 국민들이 깨어나야 이 어지러움을 끝낼 수 있을 텐데…

물 흐르는 대로

어디서 와서 어디로 가니

흐려졌다 맑아졌다

밤이고 낮이고 없이

어디로 그렇게

오간다 소리 없이 어디로 가니

이 구석 저 구석 돌아갈 때마다

네게 엎혀 붙는 애들 가타부타 않고

힘든 내색 하나 없이 어디로 그리 가니

無에서 無로, 有를 찾아서

머언 길 떠난다고

이왕에 가는 길

나의 아픈 딱지도 좀 엎어 가려무나.

금강 종주길 2

세종시를 보니 무언가 안 맞는 느낌이었다.

백제 땅에 조선시대 임금의 호칭이라니.

어떠한 연유로 이런 지명을 했는지 이해가 안 된다.

말도 많고 탈도 많은 세종보를 지났다.

자전거 길은 지친 철새들의 마음

편히 놀고 쉬어 갈 수 있는 곳

길이 아닌 곳에 길이 생겨났다. 자동차길, 기찻길, 등산로, 탐방로, 산속 약초꾼 길, 동네 골목길까지 길은 끝이 없다. 그러나 자전거 길은 없었다.

이 편한 시절에 누가 자전거를 타리요. 이곳 4대강을 비롯한 국토 종주 길과 팔도강산 각기 지역마다 자전거 길이 부활한 것이다. 빠르지도 않고 느리지도 않은 움직임에서 속도감을 온몸으로 느끼며 주위 경관을 보고 느낄 수 있는 길, 그 길이 우리나라 곳곳마다 세 이름을 붙이고 우리를 부른다.

인간사 모든 것에는 시작이 있으면 끝이 있는 것이다. 인간사는 신묘하게도 공평하다고 생각했었다. 길에는 오르막이 있으면 내리막이 있듯, 처음 자전거를 접하고 국토 종주 길을 나서자고 생각했을 때의 마음은 설렘과 도전이었다.

한 개의 코스를 진행할 때마다 편하게 지나는 길이 있었나 하면, 고개 길에 자전거를 끌고 오르기도 하고 넘어지기도 하고, 길을 못 찾아 헤매기도 했었다. 거의 10㎞나 잘못 진행하여 밤에 자전거를 끌며 가기도 했었고. 소낙비를 만나 큰 고생도 했고, 맞바람을 받으며 힘겹게 페달을 밟기도 한 여정들이었다. 식수가 모자라 스쳐 지나가는 라이더에게 물 한 모금 동냥한 기억도 떠오른다. 이 모든 것이 오늘이 있기까지의 내 인생 역정과도 빼어 닮았다. 그래서인지 지나온 인생길의 재방송을 보는 듯한 느낌에 회한의 눈물을 억제할 수가 없었다.

자, 힘을 내자. 합강공원[5]을 지나 대청댐까지는 29㎞ 남았다.

나 자신과의 약속에서 시작되고 진행하고 있지만 몸은 고되다고 아우성이다. 중간중간에 자전거에서 내려 맨소래담 로션을 내 몸에 발라 주었다. 몸은 힘들어도 내 마음은 갈수록 가벼워졌다.

매포역을 지나 신탄진이다. 대청댐이 지척이다. 나의 힘, 나의 조그마한 엔진으로 미답의 길인 금강 자전거 종주길 146㎞을 무탈하게 2박 3일(군산 1박 포함)에 마쳤다.

---

5) 금강 종주길과 충북 오천길이 만나는 곳.

파란색 선과 이정표를 따라 홀로 지나온 여정이었다. 속으로 다시 한 번 다짐했다. '그래, 난 할 수 있어. 꼭 해내고 말 거야.'

국토 종주 1,857㎞!

제주도
환상 종주 자전거 길

제주도 자전거 여행 계획 일정을 잡았다.

· 7월 31일 19시: 부산여객선터미널에서 MS 페리 탑승
· 8월 1일 7시: 제주에 하선하여 용두암 인증 센터를 출발하여
                 송악산 인증 센터 또는 중문단지(약 85㎞)에서 1박
· 8월 2일: 성산일출봉 인증 센터까지 2박
· 8월 3일: 용두암 인증 센터에 도착하여 인증을 받고 자전거를
                 반납, 그 후 오후 6:30에 제주 출발, 부산행 MS 페리
                 승선
· 8월 4일 7시: 부산 도착

　이번 일정은 평상시 주말에는 도저히 진행할 수 없었다. 그래서 회사의 하계 휴가 일정 중에 가야 했기 때문에 더위 같은 기후는 고려되지 않았다. 또한 날씨와 관련해 선박 운행이 제대로 되는지를 살펴봐야 해서 거기에 맞추다 보니 배편 예약 역시 내 구미에 맞게 잡을 수 없었다.

　결국 예약한 배는 8인실이고 배 뒤편에 위치하고 있었다.

나는 부산에서 출발하여 시모노세키로 향하는 배편으로 일본 여행을 했던 경험이 몇 번 있었기에 배 뒤편에서 있는 것이 마음에 설렀다. 배 뒤편에는 선박의 기관실이 있어 진동과 소음이 발생한다. 그 소음은 숙면에 지장이 있어 기피하는데 늦게 예약하다 보니 피할 도리가 없었다.

자전거는 제주도 현지에서 대여 자전거를 3일간 사용하기로 하고 5만 원을 입금했다. 휴가철이지만 숙소는 제주 현지에 관광객이 급감한 관계로 예약이 필요 없었다.

나는 남자는 열정과 용기, 그리고 도전과 설렘에 살아간다고 생각했었다.

그러나 이번 제주 여행길은 한 여름의 불볕더위를 어떻게 이겨 낼 것이며, 수많은 고갯길 또한 어떻게 극복할지가 걱정이었다. 예상할 수 없는 바람이 불면 어떻게 해야 할지도 가장 큰 걱정이요, 숙제였다.

하여 이번에는 맨소래담 로션에 아스피린까지 준비하여 출발했다. 다시 한 번 스스로에게 물었다. 나에게 여행이란, 이 자전거 여행이란 무엇일까, 지금까지의 일상적인 생활의 형태를 다 던져버리고 선택한 육체적 고통과 정신적 아픔을 임계점까지 극복해야만 하는 행위, 어찌 보면 상시 위험을 동반한 무모한 도전이라고 해도 과한 표현은 아닐 것이다.

일상적인 여행이 아닌 자고, 먹고, 오고, 가는, 오롯이 스스로 결정하고 단 1m도 나의 사지로 움직여야 하기에 살아 있음을 스스로 확인하는 존재의 의미와 가치 그리고 삶의 이유를 재삼 확인하는 시간과 장소에 얽매이지 않는 느낌과 사유의 여행일 것이다.

내가 자전거 여행을 한다고 했을 때 주위에서 나왔던 반응은 대략 이랬다. 편안하게 유유자적 다닐 수 있는 형편인데 왜 굳이 위험과 고통을 안고 가느냐는 것과 어렵고 힘든 길을 다닐 수 있는 육체적 건강과 도전하고 실행하는 용기가 부럽다는 것.

나의 여행은 단순히 '얼마 만에 어디 갔다 왔다'의 여정은 아니길 바랐다. 내가 태어난 나라 구석구석의 땅을 밟고 냄새를 맡으며 보고 느끼며 진정 삶의 의미는 무엇인지, 생의 가치는 그리고 진정 행복은 어떤 모습인지를 찾는 것이라고 할 것이다.

현 시대의 기대 수명은 83세라고 한다.

죽음을 앞두고 나는 내 삶을 되돌아볼 때 어떤 생각을 하게 될까?

실존적 고민이요, 질문이지만 이 여행에서 내가 얻고 싶은 것은 한 가지다.

익숙한 환경과 반복되는 일상에서 길들여져 원초적인 생존의 문제만을 해결하고 평소에는 가져 보지 못한 자아를 발견하고 남은 생을 어떻게 살아야 하는가라는 답을 찾고자 하는 것.

7월 31일 오후 5시경 부산연안여객선터미널에 도착했다. 휴가철이라서 그런지 대합실은 사람들로 만원이었다. 승선권을 받고 대합실 이곳저곳을 둘러보니 자전거를 타러 가는 사람들이 20~30명은 될 것 같았다. 그들은 대부분 그룹으로 모여 있는 것을 보니 동호회나 친구끼리 가는 듯했다.

배는 정확히 저녁 7시에 출항을 했다. 나는 선수와 선미를 오가며 부산 시내 전경을 이곳저곳 바라봤다. 배가 외항에 나가니 선내 방송에서 구내식당 이용 안내가 나왔다. 안내 방송대로 식권 자동판매기에서 식권을 구매해 간이식 뷔페 식사를 했다. 식사 후 선내 샤워실에서 간단히 씻고 밤바다를 바라보니 이런저런 생각이 들었다.

밤 10시 되기 전에 잠자리에 들었는데 일본 시모노세키를 오가는 배보다 진동과 소음이 더 크게 들렸다. 이리저리 뒤척이느라 잠을 통 이룰 수가 없었다. 자정이 넘어서도 잠을 들 수가 없고….

눈을 뜨니 4시 반이었다. 결국 잠은 포기하고 선수에 나갔다. 제주도가 멀리 보이고 무탈하게 이 여행이 끝나기를 기도했다.

6시 40분경에 하선을 했다. 자전거 대여소에 전화를 했더니 택시를 타고 오란다.

자전거 대여소에 가 보니 자전거의 무게가 보통이 아니었다. 직원에게 무게를 물어보니 22~23kg은 될 것이란다.

대여소 사장님 말씀이 제주도 자전거 길은 100% 자동차 길에 도로 노견이나 인도에 파란색 선만 그어 놓았단다. 그러니 통타이어가 최고고, 자동차를 특히 조심하고 다녀야 한다고 당부한다.

자전거를 인수하는데 정말 걱정부터 앞섰다. 3일 동안 240㎞를

이 무거운 자전거로 어떻게 한단 말인가.

그래, 설마 뺑기야 하겠나. 부지런히 가는 수밖에….

오른쪽으로 바다를 보며 첫 인증 센터인 다락쉼터로 향했다.

제주도 바다의 풍광에 페달을 밟을 때마다 몸은 파도처럼 사뿐히 앞으로 나갔다. 머리에 박혀 있던 묵은 때와 상처들이 하나둘 털려나가는 기분이다. 아니 웬걸, 어찌 이런 일이….

첫째, 둘째 만나는 내리막길에 자전거 뒤 타이어가 가속이 붙으면서 흔들렸다.

아휴, 이 일은 어이 할꼬! 잊자, 까마득히 잊어버리자.

이름도 이상한 알작지해변을 지났다. 그런데 육지의 자전거 길과는 영 딴판이었다. 덤프트럭에 버스들이 지나다니는데 시끄럽고 위험하다. 무섭다는 생각이 들었다. 1132호 지방도(옛날 12호 국도) 제주에서 가장 해안가로 지나는 일주 해안도로 4차선 지방도다.

길가는 온통 호텔과 펜션, 게스트 하우스와 민박, 식당과 찻집, 리조트 등이다. '정말 이건 아니야'라는 생각이 들었다. 우리나라의 국제적인 관광지인 제주의 아름다운 풍광과는 너무나 동떨어진 건물들 아닌가.

양복에 고무신을 신기고 갓을 씌운 듯한 느낌이었다. 인공적인 구조물들을 보면서 '정녕 이렇게 밖에 할 수 없나'란 생각이 들었다.

어느덧 첫 인증 센터인 다락쉼터에 도착했다.

아니 이름 잘못 지었네요. 어디 쉼터예요. 햇빛 가림 터가 있나 그 흔한 팔각정이 있나 벤치가 있나 자전거 거치대가 있나. 제주시장님! 어이 나라의 공복이 거짓으로 공공장소를 표기하시나요. 스탬프 부스 하나 길가에 놔두고 쉼터라니, 거짓말도 유분수지요.

길 건너편 편의점 파라솔에 7~8명의 사람이 모여서 쉬고 있었다.

자전거를 끌고 그곳으로 갔다. 나를 본 사람들이 한마디씩 질문을 하는데 정신이 하나도 없었다.

"어르신 어디서 왔어요? 어디까지 가는데요? 이 자전거로 제주일주하나요?" 등등의 질문들.

나는 시원한 것 좀 마시고 이야기하자고 말하고는 음료수부터 들이켰다.

갈증을 해소하고 그들의 의견을 들었다. 그중 한 명은 자전거를 타고 멀리 가 보기도 했다며 내가 어디서 왔는지, 언제부터 자전거를 탔는지, 어디를 갔다 왔는지 등을 물었다. 내가 초짜라고 말하니 정말 대단하고 겁 없이 다닌다며 사람들이 웃었다. 내 자전거로는 3일 만에 제주 길을 간다는 것은 정말 무리라며 이 자전거로는 사람만 골병이 들 것 같단다.

그들 중 한 명이 1132번 길로 곧장 가고 휴대폰으로 인증 센터 검색하여 스탬핑하는 방법으로 진행하라고 일러주었다.

내게 일러준 사람들은 오늘은 서귀포까지 자전거 종주 일정을 진행하고 이틀, 사흘째에는 우도 관광과 해수욕장에서 수영을 한단다.

그들의 당부가 고맙다. 다시 한 번 내 사지의 힘으로 자전거 바퀴를 굴려 팔도강산을 유람(?)하는 것이 뿌듯해졌다.

방랑자의 기쁨을 누릴 수 있는 것은 진정 얼마나 커다란 축복인가. 그것도 내 나이 67에.

오는 사람 가는 사람 마주하며 눈인사, 손 인사 하며 또 잠시 잠깐 인연이 되어 서로의 모자라는 부분을 챙겨주는 이 인연이 참으로 고맙고 아직은 살맛나는 대한민국이란 생각이 들었다.

그래, 나의 길을 가련다.

힘들고 고달파도 파란 선을 따라 나의 길을 가련다.

심은 만큼 거두는 것은 자연의 순리다.

콩 심은데 콩 나고 팥 심은데 팥 난다(種果得果)라고 하지 않았던가.

'인생은 예술'이라고 한다. 나는 내 인생의 조각가이다.

내 인생은 내가 만들어 내는 작품이다.

무엇을 조각할지는 순전히 나의 선택이다.

세계 최초로 히말라야를 정복한 힐러리 경은 "도전이야말로 인간의 본질"이라고 말하지 않았던가.

매 순간 짧은 기간 여행하는 사람의 마음가짐으로 여행할 수 있다면 끝을 향해 있는 우리의 삶도 가장 소중한 것, 가장 원하는 것들로 채워져 나갈 것이다.

여행은 아쉬움과 부족한 생활의 연속이다. 옷, 음식, 잠자리, 체력까지도 부족한 상황에 익숙해지면 여행 전의 일상이 풍요로웠음을 깨닫는다. 일상에서 가졌던 많은 것들이 살아가는 데 절실히 꼭 필요한 게 아니었음을 알게 된다.

결핍은 여행을 색다르게 만들기도 한다.

여행에서 한 번쯤은 더 깊은 결핍 속으로 빠져 보는 것도 좋다. 결핍 이전의 자리만큼 나만의 잊지 못할 이야기로 가득 채워질 테니까.

결핍이 무조건 좋다는 말은 아니니 오해하지 말기를.

나는 이 여행길에서 오늘도 누군가의 제자였고 또 누군가의 스승이었다.

여행의 궁극적인 목표가 있다면

나 자신을 이해하는 것이고

나만이 가진 것을 알아 가는 것이고

새로운 환경과 풍경을 눈에 담는 게 아니라

나만의 새로운 시각을 갖는 것이다.

새로운 사람을 만나는 것이 아니고 내가 새로운 사람이 되는 것이다.

고로 여행은 눈으로 볼 수 없는 나 자신을 비추는

거울이다.

거기 있음을 아는 것이다.

그것은 존재를 있는 그대로 받아들이는 것이다.

날씨가 좋기를 바란다.

좋은 사람과 만나 동행인이 되기를 바란다.

이런 생각들은 있는 그대로를 받아들이지 않고 내가 원하는 대로 되기를 바라는 욕심이다.

자, 가자! 해거름 마을공원을 향하여. 자전거를 타는 사람은 전신의 감각을 열어 놓고 자유를 보고 느끼며 앞으로 나아간다.

자신이 거쳐 지나가는 땅 위의 숱한 이야기들을 기억하며 간다. 길 위에서 만난 인연과 그 사연들은 여행의 맛이요, 멋이다. 또한 순수한 정이다.

길에서 만나는 모든 장면, 체험은 삶의 지혜요, 스승이다. 사람도, 숲도, 구름도, 새소리도, 밀려왔다 밀려가는 파도도 모두가 한 권의 훌륭한 책 속의 주인공이다. 매 시간, 매 순간은 시간과 공간으로 인쇄되는 책장이며, 새로운 길을 가는 것은 단 한 페이지의 책장을 넘기는 일이다.

나는 그 책이 좋다. 그 책을 읽는 것이 좋다.

이 여행을 하면서 진정 홀로임을 알고 내가 살아 있음을 느낀다.

애월항이다. 포구를 따라 파란 선인 자전거 길을 쭉 따라 갔건만 어느 순간 그 선은 사라지고 없다. 이리 갈까 저리 갈까 고민하게 된다.

이럴 때는 꼭 어린 시절, 엄마를 따라 5일장에 갔다가 엄마 손을 놓쳐 버린 7살배기 코흘리개가 된다.

아, 어쩌란 말이냐. 갈 길 잃은 내 마음은 동으로 서로 왔다 갔다 한다. 큰길로 왔으니 1132번 큰길을 찾아 드디어 미로 같은 길을 벗어났다.

말로만 듣던 협재해수욕장 안내판이 보였다. 머물다 가고 싶은 마음이 꿀떡 같건만 이 내 몸은 가야 하오. 그것도 부지런히 페달을 밟아 가야 하오.

확 트인 바다에 해상풍력발전소의 날개가 일렬종대로 서 있는 풍경이 장관이었다. 인증 부스 건너 바닷가 언덕 위에 건물이 있어 더위를 피해 그곳으로 갔다.

해상풍력발전을 배경으로 셀카를 찍어 보니 영 마음에 들지 않는다. 막 도착한 라이더에게 사진을 찍어 달라고 부탁하고 보니 아주 마음에 드는 컷이었다.

건물 뒤편에 등을 기대고 다리 쭉 뻗고 앉아 자리를 잡았다.

하늘과 바람 그리고 부서지는 파도소리와 그 포말. 눈을 감았다. 가슴을 활짝 열고….

잠시 휴식을 취하고 또다시 출발했다. 다음 목표는 35㎞를 달려 송악산 인증 센터로!

파도가 보이는 눈은 더 넓고 시원하고 가슴은 불어오는 해풍에 시원하지만, 지독하게도 무거운 이 자전거는 낡은 이 내 몸을 괴롭히고 못살게 하는구나.

몇십 년 전에 순간의 선택이 10년을 좌우한다던 광고가 생각났다. '그래, 다 내 탓이오, 내 탓!'이라는 푸념도 나왔다.

자전거를 차나 배에 싣는 것이 귀찮다고 내 몸 하나 달랑 떠나온 얄팍한 나 자신의 선택이 너무 밉고 바보라는 생각이 수백 번은 떠오른다.

제주에서 1

태양이 이글거린다.

바다가 넘실거린다.

이 땅에 살아 있는 모든 것들은

다 제자리에서

제 모습을 다하고 있다.

시련과 고난을 누대에 걸쳐 이겨내고

이제는 생동감 있는 땅이 된

제주의 땅 끝을

한여름의 열기를

온몸으로 참아내며

250㎞를 페달질한다.

이 길은

유랑도 아니고

대회도 아닌

오직 인(忍) 자를 새기는 길

욕심과 미움을 내려 내려놓는 길

눈앞에 일렁이는

저 푸르름도

이 더위가 다하면

곱게 곱게 물들어 갈 것

세월이 감은

끝맺는다는 것,

익어감

나는

어떻게 익어가고

무엇을 맺을 것인가.

속으로는 푸념도 새어 나왔다. 고생을 해도 싸지, 싸고 말고. 달리 피할 것도 없잖아. 죽자 살자 몸으로 때울 수밖에는.

속담에 '당장 먹기엔 곶감이 달다'라고 했던가. 아니, '모시 고르다 삼베 고른다'라는 말도 떠올랐다.

어느덧 한경면 소재지에 도착했다. 식당이 여럿 보이는데 그중 물회를 파는 식당에 들어갔다. 그러나 물회는 떨어졌다고 삼계탕을 권했다. 그저 고개를 끄덕였다. 삼계탕을 주세요. 이 더위에 이

열치열(以熱治熱)이라는 생각이 들었다.

살다 보면 어이 내 생각대로만 살 수가 있을까.

사실은 이냉치열하고 싶었건만 이열치열이 됐다.

집 나오면 춥고 배고프다 했던가, 그러나 지금은 아니다. 너무나 덥고 배가 부르다.

끝없이 일렁이는 제주 바다를 눈에 담고 평탄한 길을 달려간다.

일렁이는 파도처럼 살랑살랑 해풍을 맞으며 인적 없는 해변 길을 나 홀로 가는 독무대다.

그러고 보니 제주는 십 수 년 만에 온 것 같다. 겨울에 애들과 함께 추억 여행이라는 타이틀을 붙이고 2박 3일 동안 아들과 눈 덮인 한라산 백록담까지 올라갔었던 먼 옛일이 떠오른다.

Yesterday is history

Today is wonderful

Tomorrow is hope & Dream

우리 내 인생사 뒤돌아보면 매사가 아쉽고, 아프고, 아리고, 그리워진다.

과거에 얽매여서는 안 된다. 내일을 향해 준비하고 전진해야 한다.

스티브 잡스는 "뒤를 돌아보는 일은 그만하자. 중요한 건 내일이다. 어제 일어난 일들에 시간을 낭비하느니 내일을 개선하도록 하라"라고 말한다.

더운 날씨에 아스팔트에서 나오는 복사 열기는 살랑이는 바닷바람을 타고 넘어와 내 볼을 따뜻하게 두 손으로 감싸는 듯하다. 아직까지는 별 탈 없이 굴러가는 자전거가 고맙다.

어느 덧 차귀도 포구에 도착했다.

이 제주도 자전거 길은 정말 힘들다. 어디 쉴 곳이 있나, 화장실이 있나. 도로에 선만 그어 놓았으니 당연히 그늘이라고는 없다.

길을 떠난 나그네에게는 내 것이라는 것이 없다.

모두가 타인의 것이다. 옛 시인의 말대로 구름에 달 가듯 몸도 마음도 가볍게 가야 한다.

내가 택한 길은 외로이 나 혼자만 힘들고 고통스러운 길을 가는 것이 아니다. 누군가가 벌써 지나간 길이다.

파도가 일고 바람이 인다.

정면이 아니라서 천만다행이다. 진행 방향의 우측으로 30-40° 정도에서 부는데 핸들에 힘이 들어가니 자연히 몸이 힘들다고 바로 반응을 한다. 땀이 비오듯 흘러 온몸을 적신다.

길가에 퍼져 앉아 부끄러움도 없이 바지를 내렸다. 허벅지와 장단지에 맨소래담 로션으로 마사지를 한다.

마사지를 하면서 고민에 빠졌다.

4차선 국도로 갈까, 자전거 길인 파란 선을 지키고 갈까.

기온은 36℃를 가리키고 아스팔트 열기는 몸을 화끈거리게 했다.

내 마음을 다잡았다. '아니야, 여기서 무너지면 안 돼. 인간은 고통 속에서 더 절실해지고, 정직해지고, 더욱 단순해지고, 간절해지고, 진정으로 살아 있는 자신의 모습을 볼 수 있다고 하지 않았던가.'

새 생명의 탄생을 위해 거친 계곡물을 거슬러 올라가는 연어처럼 나도 바람을 거슬러 페달을 밟고 또 밟는다.

고행의 맛을 온몸으로 느끼면서 그렇게 도착한 곳은 송악산 아래 마라도행 선착장이다.

닭 쫓던 개가 지붕 쳐다본다는 속담처럼 나도 마냥 마라도행 여객선을 바라봤다.

원래 계획은 마라도에 다녀오는 것이었건만 아무리 궁리를 해도 불가능하다는 결론에 도달했다. 냉수로 머리를 식히고 그 물을 마셨다. 이제는 제주도 자전거 길에서 제일 힘들다고 하는 산방산과 안덕고개에 도전하러 나섰다.

자전거를 타는 것은 인생길을 재현하는 것이다. 오르막과 내리막을 만난다. 길을 나서면 자연을 만나고. 그 자연 앞에서 비교와 경쟁을 하기보다는 마음을 비우게 된다. 자연의 냄새를 맡고 만지고 눈길을 주고 교감을 한다. 얼마간의 고통과 인내 속에 도전을 하고 낭만을 느끼며 추억을 쌓아 간다.

새로운 세상을 만나고 새로운 인연을 만난다.

나 또한 새롭게 태어난다.

여러 가지 생각을 하는데 연신 땀이 흘러 힘겹다. 이런 날씨를 표현하면 8월의 태양이 작열하고 대지는 이글거린다고 해야 할 것 같다.

송악산 인증 센터를 출발하여 해안 길을 지나는데 너무 더워 자전거를 세웠다. 푸드 트럭이 보여 그곳으로 가 차 뒤편 그늘 땅바닥에 주저앉았다. 그 상태에서 큰 컵에 시원한 오렌지주스 한 잔과 냉동 물을 사서 마시고 몸에 비비며 더위를 식혔다. 비로소 살 것 같다는 생각이 들었다.

제주에서 2

고요와 평안의
온전한 모습을 찾아
길을 나섰다.

혼자서 가야 할
고통과 사념의 길

길은 끝나는 곳에서
다시 길이 시작되고 있었고
그 길은
끝내 혼자서 가는 길이었다.

　푸드 트럭은 젊은 부부가 운영하는 1톤 푸드 트럭이다. 그런데 너무 더운 날씨 때문인지 아니면 입지 선정이 잘못 돼서 그런지 영 찾는 이가 없어 마음이 짠했다.

　시원한 냉수를 한 잔을 얻어 마시고 또다시 출발했다.

　산방산 아래 상가 지역인데 오르막 경사도 심하고 도로는 중앙 차선도 없는 좁은 길이다. 바깥에 바짝 붙어 자전거를 끌고 가는 데도 차가 많아 제대로 가지를 못하겠다.

　거우거우 산방산 산복도로를 가는데 영 힘겹다. 그늘도 없고 차는 많고. 도로가에 서서 물을 마시는데 길 건너 귤 판매점 주인이 손짓으로 나를 부른다.

나보고 그쪽으로 건너오라는 눈치다. 내가 가게로 가니 자전거는 바깥에 두고 에어컨 있는 가게 안에서 쉬고 가란다. 고마운 마음에 "아이고, 사장님 고맙습니다. 복 받으실 겁니다. 또 감사합니다"라는 말이 튀어나왔다.

간판을 보니 '제주 사랑 농원'이라고 써 있다.

스쳐가는 인연들, 살아 있는 생명체는 물론이거니와 무생물, 즉 내 몸에 걸친 옷 하나라도 소중한 인연으로 여긴다면, 넓은 동정심이 생겨나고 마음은 맑고 밝은 심성을 일으켜 범부인 우리의 일상은 평온하고 작은 행복을 느끼리라.

그러기에 인생은 살면서 스치고 만나는 모든 인연을 귀히 여겨야 할 것이다.

불법에서 이르기를

1천 겁의 인연은 한 나라에서 태어나고

2천 겁의 인연은 하루 길을 동행하고

3천 겁의 인연은 하룻밤을 한집에서 자고

4천 겁의 인연은 한 민족으로 태어나고

5천 겁의 인연은 한 동네에서 태어나고

6천 겁의 인연은 하룻밤을 같이 자고

7천 겁의 인연은 부부가 되고

8천 겁의 인연은 부모와 자식이 되고

9천 겁의 인연은 형제자매가 되고

1만 겁의 인연은 스승과 제자가 된다고 했다.

잠시 쉬고 "제주 사랑 농원"을 떠나 또다시 페달을 밟았다. 화순 금모래 해수욕장 표지판을 지나 오르막 고갯길에 당도했다.

왕복 4차선 1132호 지방도다. 자전거를 타고 가다 끌고 가기를 반복한다.

내 몸의 체력과 기력이 다 방전된 느낌이었다.

버스정류장에 자전거를 놓고 드러누웠다.

아니, 그냥 일자로 쓰러졌다고 해야 할 것 같다.

있는 물을 다 마셨는데도 목이 마르고 숨이 차고 현기증이 났다.

오가는 사람은 한 명도 없는데… 혼자 끙끙 앓고 있었다. 얼마의 시간이 지났을까? 라이더 4명이 지나가다 나를 보고 다가왔다. 그들은 나를 일으켜 앉히며 어디 상태가 안 좋으냐고 물었다.

그들은 내게 물도 나눠 주어 마시게 하고 머리에도 물을 부어 줬다. 그리고 가장 가까운 곳에 숙소도 예약을 해 주었다.

고마운 마음은 태산 같았는데 정작 그들의 연락처는 알아 두지 못하고 헤어졌다. 숙소 앞 1.5㎞를 동행해서 갔고 그들은 서귀포까지 간다고 떠나갔다.

창천초등학교를 지나 중문관광단지 입구에 있는 게스트 하우스에 도착했다. 나는 사장님을 찾아 냉수를 맥주잔에 두 잔이나 얻어 마시고는 바로 2층 숙소로 가서 샤워부터 했다.

샤워실 타일 바닥에 대자로 누워 몸에 수돗물을 끼얹었다. 얼마나 지났을까? 그제야 정신이 들었다. 이제 살 것 같다.

옷을 갈아입고 침대 1층에 누웠다. 눈을 떠 보니 가로등이 켜져 있다. 어느새 어둠이 내리고 제주도의 첫 밤을 맞이했다.

게스트 하우스 식당에서 시원한 물국수를 먹는데 목에 걸려 넘어가지 않아 더 먹을 수가 없었다. 더위를 단단히 먹은 모양이었다. 오늘 여정을 보니 대충 90㎞는 진행한 것 같았다.

내일도 성산일출봉까지 80㎞ 정도의 여행이 남아 있다. 새삼 오늘 이 시간 이렇게 살아 있음에 감사하고 행복함을 느꼈다.

누군가 "고통은 인간의 위대한 교사이다. 고통의 숨결 아래서 인간은 성장한다"라고 말했던가.

인생에서 가장 슬픈 세 가지는 '할 수 있었는데, 해야 했는데, 해야만 했는데'라는 때늦은 후회라고 했다. 우연히 시작한 이 자전거 길, 하루라도 젊었을 때 해야지, 꼭 해야지 하고 출발한 이 길, 참 많은 걸 느끼고 깨닫고 나 자신을 보듬고 다듬는다.

얼마나 잤을까. 왼쪽 발목이 경직되어 그 통증에 잠을 깼다. 어찌 어찌 몸을 움직여 맨소래담 로션으로 마사지를 한참 하니 통증이 조금씩 풀린다.

시간은 새벽 3시를 지나고 극심한 고통을 잠시 잊었다. 언제 잠이 들었는지 모르겠는데 또 왼쪽 발목이 경직되어 잠이 깼다. 통증에 침대를 굴러서 내려와 겨우겨우 마사지를 했다.

시계는 새벽 5시가 채 안 되었는데, 너무 고통스럽고 힘들다.

그런데 그늘이란 것이 쉽게 만들어지는 것이 아니라는 것을 새삼 느낀다.

자연의 4계를 십 년 이상의 성상을 지나야 비로소 그늘이 만들어진다. 많은 행위가 모이고 쌓여 신뢰를 얻듯이 희로애락의 시간이 쌓여 제법 그럴듯한 재목이 된다.

오늘도 자전거 길에 잠간이라도 그늘진 곳으로 핸들을 돌렸듯이 나 역시 큰 그늘은 되지 못하더라도 내 주위의 사람들에게 자그마한 그늘이라도 되어야겠다고 다짐해 본다.

그늘 길

그늘을 찾다 보면 정작 나는 누군가에게 그늘을 만들어 준 적이 있었는가를 생각하게 된다.

상대편에게 막말을 하지 않았는지, 열불이 나게 하지 않았는지, 용서와 화해를 하고 살았는지를 되돌아보게 된다.

외국의 어느 시인이 말했다.

모든 사람들이 바라는 것처럼

물과 바람과 숲이 그런 것처럼

아무런 장애 없이 언제나 그들을 위한

기쁨의 대상이 되게 하라고.

지금까지 살아오면서 나 자신이 누군가에게

얼마나 기쁨과 평안을 주었는지...

제주 자전거 길에서

끝없이 오르고 내리는
이 땅 끝의 길
내 이름 석 자 불러줄 이 없는
이 외로운 길
고통의 길

내 곁을 스쳐 지나가는 바람이
이렇게 이르네.
이제 쉬었다 가라고
이제 내려놓고 가라고

바다가
어둠에 잠기고
그곳에 또 어제와 같이
하나둘 사내들의 심줄을 밝히는

등이 켜질 때면

이 사내는 한 평의 공간에서

몸 구석구석 딱지 앉은

못난 상처를 떼내는 아픔에

밤잠을 못 이루네

아!

모질고 질긴 인생길

별것 아니던데

생야 일편 부운기(生也 一片 浮雲起)

사야 일편 부운멸(死也 一片 浮雲滅)

　8월 2일 아침 5시에 눈을 떴다. 왼쪽 발목이 경직되어 잠을 제대로 못 잤지만 온몸 체조로 몸을 풀고는 길을 나섰다.

　오늘 여정은 성산일출봉까지 약 80㎞다. 일기예보를 보니 낮 기온은 35℃까지 올라가고 바람은 잠잠한 것으로 보인다.

　중문관광단지를 지나다 편의점이 보여 간편 도시락으로 아침식사를 하러 들어갔다. 내 연배쯤으로 보이는 사장님이 친절히 반기시며 이것저것을 물어보셨다.

　그는 전자레인지에 간편 도시락을 데워 주고는 날도 더운데 무리하지 마시고 차 조심하고 물을 많이 마시며 다니라고 당부를 했다.

그의 당부에 그러겠노라 대답을 하고는 도시락을 먹었다.

식사 후 편의점을 나와 있는 힘을 다하여 페달을 밟았다. 자연과 호흡하며 그 자연을 보고 느끼며 냄새를 맡는 자전거 여행. 그 여행은 미답의 길 위에서 온 힘을 다하여 도전하며 육신의 한계와 고통을 만나는 여정이다.

스쳐가는 정다운 인연들을 만나고 그곳의 역사와 문화를 대하고, 잃고 있었던 자기 자신도 만난다. 또는 상처 입은 나 자신의 마음을 달래는 마음으로 달리는 정화의 길이다.

힘들고 어렵더라도 포기하지 말라고, 중간에 멈춰서는 안 된다고 나 자신을 떠밀고 스스로를 채근하는 과정이다.

새로운 땅과 새로운 하늘을 보기 위해 육신의 고통을 감내하는, 나 자신과의 싸움을 극복해 나가는 외로운 과정.

하루의 일정을 끝낸 뒤에 오는 외로움과 고독함, 그리고 아픔 또한 달래고 즐길 줄 알아야 함을 터득해 가는 과정이기도 하다.

일상적인 생활의 틀에서 벗어나 나 자신만을 믿고 자신의 그림자만을 데리고 훨훨 가는 것, 그것이 홀로의 맛이요, 멋이랄까?

어느 누구에게도, 그 어떤 것에도 매이거나 구속되지 않고 침묵의 길을 가는, 홀로의 길이다.

그 길에 나의 지나온 생의 족적을 돌아보게 된다. 오늘의 나를

꺼내어 털고, 덜어내고, 씻고, 다듬었고, 내일의 나를 그린 사색의
길이자 반성과 기도의 길이었다.

하늘에는 새날 새 아침의 햇살이 비치고
눈에는 끝없는 제주의 푸른 바다가 보이고
귀에 들리는 파도소리는 나를 다시 깨어나라 한다.
구름이 흘러가고 바람이 스쳐간다.
그리고 나는 나의 길을 간다.
이 아름다운 세상 이대로 멈추고 있을 수 없을까.

어느새 강정항이다.

한때 해군기지 설치 문제로 시끄럽던 강정마을의 도로변에는 아직도 깃발과 플래카드가 걸려 있다.

'FALSE', '비무장 평화의 섬', '해군은 나가라'.

해군 기지 설치를 10여 년간 반대해 온 이유는 강정마을 앞 구럼비바위에 서식하는 붉은 발 말똥게와 맹꽁이 연산호를 보호하고 비무장 평화의 섬을 유지하기 위해서다.

씁쓸하고 정말 이해가 안 된다.

오늘의 첫 목표 지점은 법환 포구다. 눈에 익은 관광지 안내 표지판은 그냥 지나쳐 가야 했다. 서귀포 시내에 들어오니 제법 휴가철 느낌이 났다. 그럴수록 정신을 똑바로 차리고 차 조심을 하며 자전거 페달을 밟았다. 쇠소깍 입구에 도착한 후부터는 자전거를 탈 수가 없다. 왕복 2차선 도로의 차들은 거의 정체되어 있고 관광객들은 인도 통행도 모자랄 정도로 넘쳐났다. 더위 속에 자전거를 2㎞ 넘게 끌며 쇠소깍을 벗어났다.

자전거를 세우고 길옆에 돌아앉았다. 또 다시 염치나 체면은 저 멀리 버리고 어깨부터 발목까지 맨소래담 로션을 발랐다. 갈수록 지치고 힘이 들었다. 머리도 띵하다. 아무도 없는 길가 정자에 올라가 양갱과 두유로 속을 채웠다. 그리고는 천천히 페달을 밟으며 앞으로 나아갔다. 휴대폰을 검색해 보니 성산일출봉까지 약 40㎞ 남았다. 시간상으로는 천천히 가면 3시간이면 충분했다. 그러나 내 몸 상태로 더 이상 얼마나 일정을 진행할 수 있을지 걱정이 앞섰다.

고통은 극복하는 것이 아니라 인내하는 것에서 진정한 성취를 맛볼 수 있다고 했던가.

남원읍을 지나자 해안로가 펼쳐졌다. 한낮의 더위 때문인지 통행 차량도 뜸하고 파도소리가 들리는 조용한 해변길이다. 가다가다 도저히 안 되겠다. 쉬어야겠다. 현기증이 나고 어지럽다.

해안가 마을 앞에 있는 조그마한 정자에 올라 일자로 뻗어 누웠다.

부산에서 제주로 오는 배에서도 잠을 못자고, 어제 밤에도 왼쪽 발목이 경직되어 제대로 못 잤다. 거기에 더위까지 덮치니 이제는 좀 쉬어 가자고 몸이 지시를 내리는 것 같다.

성산일출봉까지는 약 30㎞ 정도 남았으니 푹 쉬었다 가도 될 것 같다.

물러설 곳 없는
시간에 쫓겨 살아온 세월

아등바등 울며불며
밀려왔다 밀려온 세월
못다 한 사랑
미움

회한

저 바다에 다 풀어 놓고

저 바다에 눕고 싶다.

어느새 한 시간 넘게 잠이 들었나 보다. 오후 3시가 조금 넘은
시각에 눈이 떠졌다. 쉬엄쉬엄 가도 5시쯤이면 성산일출봉에 도착
할 수 있으리라.

표선해변 인증 센터에서 스탬핑을 하고 체조도 했다.

냉수도 2병을 사고는 "으라차차, 힘내어 가자!" 소리 내어 말하고
출발했다. 금세 또 시끄러운 4차선 1132호 도로다.

시끄러움을 무시하고 앞만 보고 달리니 금방 4차선 도로를 지났다. 2차선 해안 길이 나오고 멀리 섭지코지가, 성산일출봉이 보인다.

속으로 마음을 다잡았다. '힘을 내자. 정신을 차리자. 그래, 내다리야, 정말 고생했어. 조금만 더 참아 주라.'

섭지코지를 지나니 눈앞에 다가오는 성산일출봉! 그리고 광치기 해변. 자전거를 모래사장에 눕혔다. 신을 벗고는 제주 바다에 발을 담갔다. 바닷물에 머리도 감고 세수도 하고….

그래, 잘 참아 왔네. 무탈하게 왔네.

"괴로움이 남기고 간 것을 맛보아라. 고통도 지나고 보면 달콤한 것이다."

– 괴테

성산일출봉 산기슭에 서서 제주바다의 노을을 바라보며
내가 사랑하는 사람들 아무 일 없이 행복하기를
눈에 보이지 않는 것에도 소중함을 깨닫고 살아가기를
어리석지 않는 두 눈을 갖고 항상 따뜻한 두 손을 가지고
삶이란 바다 위에 옳음과 그름 앞에서 흔들림 없는 내가 되기를
하여 남은 내 인생은 살아 있음에 감사하고

저 아름다운 노을빛을 닮아 가길 기도하고 기도하였다

성산일출봉 바로 아래 구구봉 게스트 하우스에 머물렀다. 그곳 사장님은 3년 전에 진해에 있는 조선소에서 정년퇴직을 하고 고향 집을 재건축하여 게스트 하우스를 운영하신단다.

이 큰 게스트 하우스에 오늘 밤 숙박 인원은 3명이었다. 다른 때 같으면 방이 다 차는데 이상하게도 올해는 성수기임에도 예약도 없고 썰렁하단다. 저녁에는 사장님의 소개로 제주 물회를 맛있게 먹었다.

자전거 길을 나선 후 처음으로 혼자서 소주도 한잔하고 일찍이 잠자리에 들었다.

성산일출봉

새벽 4시 조금 넘어 잠자리에서 일어났다. 세수를 하고 해돋이를 보러 성산일출봉에 올랐다.

어둠 속에 빛나는 한 점 불빛 등대.

엄마의 등대

품 떠난 자식 기다리는 엄마

아침저녁 마을 어귀로 나서신다.

비가 오나

눈이 오나

한자리에 서 계신다

해 뜨고 지는

저 바다 건너 보이는 곳에

정화수 떠 놓고

빌고 또 빈다.

어둠이 내리면

타관 객지 나간 자식

쉬이 찾아 오너라고

엄마는 등대가 된다.

  오늘은 제주 자전거 길 234㎞ 중 62㎞를 달려서 조금은 여유롭게 진행해도 무방할 것 같다.

  오후 5시까지 자전거 대여소에 도착하는 것이 목표다.

  성산일출봉 해돋이를 보고 숙소로 돌아와 6시 반에 출발했다. 성산일출봉 인증 센터에서 날인하고 길 건너에 있는 편의점에 들렀다. 간편 도시락으로 만찬을 즐기고 캔 커피로 원기를 돋웠다.

  혼자 힘으로 굴릴 수 없는 바퀴는 언젠가는 멈추어 서게 된다.

  그렇듯 세상을 살면서 오롯이 저 혼자만의 존재 가치를 가지는 것이 중요하다.

  내 존재 가치는 다른 사람들이 인정해 주는 것이다.

  그러나 세상 모든 이에게 좋은 사람일 필요는 없다.

  타인이 내 존재의 전제 조건이 된다면 그것은 내 인생이 없는 것이다.

내 마음이 이야기하는 소리에 맞춰 내 인생을 살자. 자전거는 내가 내 힘으로 페달을 밟을 때만이 앞으로 나아갈 수 있듯이 말이다.

김녕 성세기해수욕장까지 29㎞인데 모두 해안길이다. 아침 일찍 하늘을 나는 새는 가벼운 날갯짓으로 해변을 날고 있다. 해변에 부딪혀 일렁이는 파도소리는 내 귀를 간질이고 콧노래가 나왔다. 그 장단에 고물 자전거도 신이 나는지 잘도 굴러 간다.

제주 올레길과 겹쳐져 있는 자전거길이다. 올레길을 오가는 사람이 꽤 많은데 나는 그들에게 먼저 아침인사를 건넨다. 왠지 제주 자전거 길 중에서는 가장 조용하고 푸근한 것 같아 기분이 좋다. 또 다시 제주에 오면 꼭 텐트를 치고 1박을 하고 싶은 곳이 눈에 띈다. 눈으로만 구경하며 지나치니 어느새 김녕 성세기해수욕장에 도착했다.

매점에서 냉커피를 받아 그늘막에 앉아 휴식 시간을 가졌다.

절로 감탄사가 나왔다. 그래 이 맛이지, 이 맛이야.

한동안을 쉬고는 김녕 해수욕장을 빠져 나왔다. 그런데 자전거 차선이 이상하게도 들길로 이어졌다.

무엇이 잘못된 것인지 파악하기 위해 왔다 갔다 길을 살펴보았다. 길은 파란 선이 위쪽 언덕까지 이어져 있는데 인적이 없으니 파란 선을 따라갈 수밖에 없었다. 한숨이 나왔다. '제주 환상 종주 자전거 길은 이건 아니지'라는 생각이 들었다. 중앙 정부에서 자전거 길을 만들라고 하니 차도나 인도에 파란 선만 죽 그어 놓고는 각 지점에 스탬프 부스 설치해 놓는 것 외는 아무것도 없다.

한 해에 6천여 명이 이 길을 따라 달리는데 안전성, 편의성을 위한 시설은 하나도 없다.

제주도와 이 길을 주관한 행정 부처에 묻고 싶었다. 제대로 만들어 놓지 않은 길을 이용하라는 거냐고. 그늘 한 점 없는 길을 견디며 함덕 해수욕장에 도착했다. 힘겹게 도착한 함덕 해수욕장은 초입부터 차가 밀리고 도로변에는 상가까지 이어져 있어 혼란스럽다.

편의점에 들러 빵과 두유와 바나나로 오찬을 즐겼다. 식사 후 점장님께 양해를 구하고는 한쪽 구석에서 어깨부터 발목까지 맨소래담 로션으로 마사지를 했다. 그리고는 종착지인 용두암을 향하여 출발했다.

이름 모를 마을을 지나 야트막한 산길을 오르니 냉수 무인 판매라고 큰 스티로폼 박스가 있었다. 천 원을 투척하고는 냉수를 들이켰다. "고맙게 잘 마실게요." 인사를 하고 다시 자전거에 올랐다.

자전거를 달리니 제주 시내 관공서를 가리키는 교통 표지판이 나왔다. 인도는 울퉁불퉁해서 자전거로 가기가 힘들고 차로로 가자니 위험천만이었다. 엉덩이까지 아파 왔다. 어쩔 방법이 없어 인도로 살살 페달을 밟았다.

날은 덥고 인도는 울퉁불퉁하고, 익전고투라는 말만 생각났다.

꾹 참고 달리니 국립제주박물관 표지판이 보였다. 박물관은 조용한 산속으로 길이 이어지는데 그 조용함과 시원함에 이전까지의 고생이 날아가는 것 같았다.

나는 벤치에 누웠다. '이곳이 낙원이구나'란 생각이 들었다. 행복하다. 정말 행복하다.

추위에 떤 자일수록 태양의 따뜻함을 느낀다 했던가. 이렇게 살아 있음에 고맙고 감사하다.

까닭 없이 눈물이 흐른다. 제주 사라봉 공원 제주항이 내려다보이는 이 공원에서 자전거를 끌며 천천히 걸어 내려오며 지난 3일간의 노정을 하나하나 세어 봤다. 제주 시내를 지나 제주시 관광안내센터에 들러 제주도 환상 종주 자전거 길[6]을 종주한 31,851번째 사람으로 인증받았다.

---

6) 2015년 11월에 개통되었다.

소중한 인생

자기 자신을 감동시키면서 살아보자. 이제는 자유롭게 살아보자.

자유는 용기 있는 자의 몫

일상에 얽매인 삶, 경쟁하고 시기하고 더 편하게, 더 많이 더 빨리 그다음에는 어떻게 되는데

그러고 나면 얼마나 행복하고 자유롭게 되는데?

혼자 낯선 길을 나서면 나 자신이 보인다. 가장 정직한 자신을 만나게 되기도 한다.

눈물도 흘린다.

그다음에는

살아가는 데 정말 필요한 것이 무엇인지, 중요한 것이

무엇인지를 되돌아보게 된다.

영산강 종주 자전거 길 🚴

담양댐/메타세쿼이아길/담양 대나무 숲/승천보/나주역

이번 영산강 길은 1박 2일 일정이다. 창원에서 7시에 회사 차량으로 출발하여 담양댐까지 가서 차를 돌려보내고 혼자 길을 나섰다.

영산강

발원지: 담양군 용면 가막골에 있는 용소
길이: 138km

담양군, 장성군, 광주광역시, 나주시, 함평군, 무안군, 목포시를 지나는 곳이다. 옛 이름은 통일신라 때 나주의 옛 이름이 금성(錦城)이었기에 금천(錦川), 금강(錦江)이라 했다. 고려시대 때는 신안 흑산면 영산도(永山島)라 불렀다. 사람들이 왜구를 피해 이곳에 마을을 개척했다고 하여 영산포(榮山浦)라는 지명이 생겼으며 조선 초기에 영산포가 번창하자 강의 이름도 영산강으로 되었다 한다.

1976년 담양댐이 완공되고 1981년 영산강 하굿둑이 완공됨으로

써 이 일대는 가뭄과 홍수 염해로부터 벗어났다.

이번에 자전거 길을 나서면서 실행하고 있는 깃들을 되돌아봤다. 나는 자전거를 타는 경험도 부족하고 젊은이만큼 힘도 딸리니 속도를 내지 못했다. 고갯길도 대부분 끌바를 한다.

그 대신 새벽같이 일어나 차선이 보일 정도로 해가 밝을 때 일정을 출발하여 하루의 일정을 마치곤 한다.

이 생각과 실행은 대학 졸업 후 첫 직장생활을 시작할 때의 나의 각오와도 같다.

그때 내가 마음먹은 것이 있었다. S대학을 졸업하지 못했으니 S대를 졸업한 머리 좋은 너희들보다 나는 하루에 2시간 정도 더 일을 하리라.

그렇게 1년이 지나고 2년이 지나 시간이 흐른 뒤에는 너희들보다 과장이라는 직함을 먼저 달 것이라고 다짐을 했다. 당시 나는 일찍 출근하고 늦게 퇴근했고 절대로 상사의 업무 지시 일정보다 늦게 업무를 종결한 적이 없었다.

그런 마음가짐의 실행과 노력의 결과인지 대학 졸업 후 4년 만에 모 그룹 회사의 과장 직위를 내 동기들보다 빨리 얻을 수 있었다.

그때의 나를 이끌어 준 모토는 'No pains, no gains'. 한글로 말하면 '고통(노력) 없이는 얻는 것(이루는 것)도 없다'이다.

우리 인간의 정신과 육체는 쓰면 쓸수록 강해진다고 했던가. 처음 자전거를 타고 합천보까지 올 때만 해도 하루 일정 60㎞을 넘기지 못했었다. 그러나 지금은 하루에 100㎞도 넘볼 수 있게 됐니 위의 말은 분명 맞는 말이라고 생각한다.

담양댐 인증 센터를 출발하니 주위의 나지막한 산세와 들판이 보였다. 그곳 마을들은 꼭 어릴 적에 시골 외갓집으로 가는 길과 흡사하여 마음이 더 설레인다.

콧노래를 부르며 둑방 길을 가는데 시골에 단발 경비행기가 보여 자전거를 세웠다.

유심히 살펴보니 경비행기 교습을 하는 담양 비행장이었다.

'우리나라 국민소득이 3만 불이 넘었지'라는 생각이 들었다. 동시에 남한강 비내섬을 지나갈 때도 강변에서 경비행기가 뽀얀 흙먼지를 내며 뜨는 걸 호기심이 생겨 한참 동안 바라보았던 기억이 났다.

휴대폰을 잘 사용하지 못하는 나는 또다시 길을 헤맨다.

메타세쿼이아길 인증 센터를 목전에 두고 강을 건너(금월교) 좌회전을 했다. 파란색으로 도색된 자전거 길을 따라 한참을 가는데 그때서야 길을 잘못 들었지 싶었다.

동서남북을 아무리 둘러봐도 분명 길을 잘못 들었음이 분명했다.

강물을 따라 가야 하는데 강물이 내 눈앞에서 흘러가고 있으니. 이쪽저쪽을 살피니 조금 전까지 왔던 파란 선을 따라가면 섬진강 종주 자전거 길로 연결되는 것을 알았다. 그때서야 지나왔던 다리(금월교)로 숨을 몰아쉬며 되돌아갔다.

다리 끝 지점에서 보니 메타세쿼이아 나무가 보였다. 자전거를 끌고 천천히 가 보니 인증 부스도 보였다.

내가 내 머리를 스스로 쳤다. '아이고, 머리야. 전방주시 사주경계 잘하지 않고! 이성윤 똑바로 해.' 물 한 모금을 마시고 놀란 가슴도 진정시키고 길을 잘못 들어선 것에 대한 자아비판도 하고는 또다시 출발. 담양 죽녹원으로!

둑방길에 양쪽 가로수가 도열해 있는 길을 기분 좋게 달렸다. 죽녹원 입구를 지나 길은 담양 시내로 이어졌다.

분명히 인도에는 붉은색으로 포장이 되어 있고 자전거 길 표시를 따라왔는데 도대체가 난 어디로 가고 있으며 어디에 있는지 알 수가 없다.

또 길을 잘못 들었음이 분명했다.

이 사람 저 사람 붙들고 물어보니 죽녹원 앞 다리로 다시 가라고 알려 준다. 저절로 한숨이 나왔다. 아이고, 머리야, 다리야. 힘을 내서 페달을 밟아 죽녹원 입구를 찾아갔다.

혹시나 자전거 라이더가 오는지 둘러봐도 사람은 보이지 않았다. 근처에 노점 장사를 하는 분께 물으니 자세히 길을 가르쳐주셨다. 감사합니다. 정말 고맙습니다. 아저씨!

자전거 길을 바로잡고 퍼지고 않아 땡한 머리도 식힐 겸 물도 한 모금 더하기 간식을 먹으며 다짐한다.

'똑바로 해라. 여기가 우리 동네도 아니고 영영 남의 동네인데 어

이해서 정신 줄 놓고 헤매고 있는지 정말 모르겠네.'

영산강 자전거 길은 편하고 좋은데 포장 상태는 별로 좋지 않다. 이번 자전거 여행에서 아쉬운 점은, 지나가는 곳의 사적지나 관광지를 들러서 천천히 구경을 하면 좋으련만 빡빡한 일정이라 그냥 통과한다는 것.

이곳을 내 살아생전 또 언제 와 보겠냐는 생각이 참으로 많이 들어 아쉬웠다. 늦어도 한참 늦었다. 먹고산다고….

이런 생각이 떠오를 때면 난 또 가슴속 눈물을 흘린다.

지나온 내 인생의 길이 주마등처럼 스쳐 지나갔다.

내 나이 28살이던 1980년 11월부터 10년여를 경제적 궁핍에서 오는 막막함과 불안감 때문에 한 치의 앞도 보지 못하고 살아왔다.

그때는 어느 누구에게도 말하지 못하고 혼자 감당하고 삭여야 했던 세월이었다.

한 남자가 결혼을 해서 첫 아이가 태어나고 한참 내일의 생(生)의 꿈에 부풀어 살아갈 그 나이….

내 부모님이 불의의 사고로 한날한시에 돌아가셨으니 마른하늘에 날벼락이 아닐 수 없었다.

당시 나는 모 그룹의 평범한 직장인으로 월급은 34만 원이었다. 부양해야 할 사람은 처와 돌이 된 첫아들, 방위병으로 근무 중인 남동생과 큰 여동생(대학 1년, 대구에서 하숙), 그리고 막내 여동생(여고 1년)이었다.

아버님은 해상 사고 후 7일 만에 시신을 찾아 장례를 치르고, 어머님은 해상 사고 후 12일 만에 부산 영도경찰서에서 연락이 와서 장례를 치렀다. 장남에 장손인 나는 부모님의 임종을 지켜볼 수 없는 가슴 아픈 현실이었지만 그나마 부모님의 장례를 치를 수 있다는 것만으로 그 당시에는 큰 행운이었다. 장례를 다 치르고, 부모님께서 경작하시던 논밭을 6남매가 서로 불만 없이 상속받았다. 내가 받은 상속은 논 200평과 밭 160평이었다.

내가 동생 셋을 부양한 내역을 보면 이렇다. 남동생의 경우 서울에서 재수를 2년간 했고 방위병으로 2년간 일했는데 그 4년 동안의 생활비를 댔고, 결혼식 비용도 부담했다. 큰 여동생의 경우, 대구에서 대학 3년간 학비와 생활비를 대고 결혼식 비용도 부담했다. 작은 여동생의 경우, 여고 2년부터 부산에서의 대학 4년까지의 학비와 생활비를 6년 동안 힘들게 감당했다.

이렇게 힘든 그 길을 내가 기꺼이 수용한 것은 돌아가신 부모님의 삶에서 군이 이렇게 저렇게 말씀은 없었지만은 내 스스로 익히고 배웠다고 하는 것이 맞는 것 같았고 또한 그것이 망자가 되신 부모님께 큰아들로서 당연히 해야 할 효도이자 받아들여야 할 운명이라고 생각했기 때문이다.

이렇게 힘들게 동생들을 부양한 것은 돌아가신 부모님의 삶에서 나 스스로 배운 바가 있어서라는 생각이 들었다.

가족에 대한 내 가치관과 더불어 남과 다른 나의 지나온 길을 더 밝히자면, 공부에 대한 욕심이 크다는 것이다. 사실 나는 서울대학교 학생이 되지는 못했지만 대학원만은 꼭 서울대에 진학하여 교수의 길을 가고 싶었다. 그러나 가정 형편상 배움의 꿈도 접고 4급을 공무원 생활을 6개월 근무로 짧게 끝내고 회사원의 길을 택하게 되었다.

그래서 내 자식 2명에게 고등학교 입학 때 분명히 밝힌 것이 있다.

첫째, 가난은 물려주지 않겠다.

둘째, 서울 소재 몇몇 대학에 진학을 못하면 이곳 지방 전문대학을 가서 전문 기술인이 되어라.

단, 서울의 대학에 진학을 해서 공부를 한다면 하고 싶은 공부 다 할 때까지 지원을 해주겠다는 약속을 했다.

그래서인지 내 아들과 딸은 서울에 있는 대학에 진학을 했고, 나 역시 아이들이 하고자 하는 공부의 길에 모든 지원을 아끼지 않았다.

아들의 경우는 삼수를 하고 대학 4년과 석사 학위 2곳(5년), 박사 학위(3년) 동안 총 14년을 지원해 주었다.

딸은 대학 7년(학사 학위 3개) 동안과 석사(미국 소재 대학 3년) 학위를 취득하기까지 10년 동안 뒷바라지를 했다.

이렇게 보면 동생 3명을 9년 동안 돌보았고 자식 2명을 24년 동안 뒷바라지 해 준 셈이다. 합하면 33년을 그것도 서울과 부산과 대구 등의 타지에서 대학 공부를 시켰다. 이 부문에 국내 기네스

기록이 있다면 등재에 도전도 해 보고 싶다.

나는 1981년 1월에 회사에서 과장으로 승진을 했다. 그러나 처자식과 동생 3명의 학비와 생활비를 내 월급으로 도저히 감당을 할 수가 없었다.

그렇다고 당시에는 요즘처럼 투 잡으로 용이하게 할 수 있는 일도 없었다.

그래서 생각해 낸 것이 창원 공단의 중소기업체에 돈이 적게 투자하면서 인원은 줄고 생산성을 올릴 수 있는 반자동화(용접 라인) 시설을 해 주고 일정의 용역비를 받는 사업이었다. 그 일을 시작하여 한 회사, 또 한 회사의 일을 수주하여 나갔다.

그러다 보니 휴일에는 더욱 바쁘게 일을 해야만 했다.

물론 재직하는 회사에서도 과장의 직분으로 어느 누구보다 열심히 일하며 40대에 그룹 내 최연소 중역을 꿈꿨다. 당시에는 늦은 야근도 나 스스로 알아서 했고, 휴일에는 용역받은 회사에 나가 하루라도 빨리 업무를 소화해야 했다. 지금 생각해 보면 가정적으로 빵점 남편이요, 빵점 아버지였던 것 같다.

어느덧 세월은 흘러 큰 여동생은 대학 4학년이 되고 막내 여동생은 대학(부산 소재)에 입학을 했다. 여자 두 명이 객지에서 대학을 다니게 되니 여간 벅찬 게 아니었다.

나 혼자의 월급으로 처자식과 동생들을 부양하자니 앞이 보이지 않았다. 고민 끝에 생각해낸 것이 고물상을 차리는 것이었다.

회사에서 일본으로 출장을 다니면서 고베 지방에서 일본 고물상의 색다른 영업 형태를 눈여겨봤다. 일부러 재차 고물상을 찾아가 신재 대비 매입가와 판매가 등을 알아 둔 일도 있었다.

한국의 실정을 봤을 때도 수요가 있는 것으로 판단되어 지인의 이름으로 영업허가를 냈다. 판매처로 서울 신도림동에 있는 중고 철판 판매상 2곳을 선정하고 고물상을 시작했다.

일반적으로 시중에 있는 그런 고물상이 아니었다. 철판을 재단하고 남은 잔여재를 규격 및 재질별로 보관했다가 한 달에 한 번 서울에 보내고 현금으로 거래하는 형태로 운영을 했다.

내 생을 돌아보니

바람은 쉴 새 없이 나를 흔들어 대고
예서 돌아보니 모두가 떠나 가 버린 허허벌판
모자부터 아래 윗도리 챙겨 입고 저 빈 들판을
허허로이 지키고 서 있는 허수아비 닮았구나.

뭘 그리 그리웁고,

뭘 그리 아쉬움이 있어

못 떠나고 그리 그렇게 서 있는가.

오동통실 몽땅한 두 손

튼실한 두 다리

이것저것 눈에 보이는 것 놓지 않고

머리에 담고자 했던 두 눈

70년 세월을 머리에 쓰고 어깨에 짊어지고

용케도 예까지 잘 왔구나그려

한 잎 낙엽 지는 소리에도

가슴 아파하는 나의 늙은 애인아

이 없는 놈 하나 믿고 천 리 길을

눈물로 왔제

고맙다. 미안하다.

내 아버지 내 어머니

저기 저 바다 길로 가 소식 없던 그날 그날 밤

나는 울었지 피를 토하며 울었네

독뫼산의 소쩍새도 밤새 밤새 서럽게 울었네

가는 세월에

가을도 조금씩 깊어가고

오는 소리보다

가는 소리가 더 크게 더 뚜렷이 들린다.

시절 탓인가.

계절 탓인가.

나이 탓인가.

아침저녁 하루 이틀

길을 가나 산을 걸어도

눈에 밟히는 그 모든 것들은

왜 그리도 이쁘고 탐스럽고

귀히 보이는지...

언제까지 얼마나 더 보고 더 느끼며

이 세상을 품고 살 수 있을지...

한 움큼 손에 잡은 모래알처럼

그렇게 그렇게 떨어져 가고

하나둘 빠져 나간다
젊음도 사랑도 시절도 가고 또 간다.

해와 달과 별은 그대로인데
보고 듣고 느끼는 나만 간다.
부른다고 붙든다고
하, 세월이 내게 멈춰 서 있을소냐

바람소리, 물소리, 그리고 내 가슴의 소리

단풍 그리고 낙엽 단상 1

청하지도 않은 가을비가

자박자박 오니

짧은 한세상 살다가는 이 몸

천길 나락으로 떨어지고 날리네.

이제 가는 이 몸 아쉬움 없네.

푸르게 푸르게 살다

내 한 몸 연지곤지로 치장하여

뭇 선남선녀들의

입사랑 눈사랑 다 받았거늘

나 이제 내 땅으로 돌아가 편히 쉬려네.

단풍 그리고 낙엽 단상 2

인생, 인생은 하늘의 뜬구름
불어오고 스쳐 지나가는 한 줄기 바람인 것을
이 세상 그저 나와
얻는 게 무엇이며
잃은 게 무엇인가

하고 싶은 것도 많았고 또 많다더라
갖고 싶은 것도 많았고 또 많다더라
다 하고
다 가져본들 또 다른 욕망뿐
오고가면서 보고 쓰고 누린 것으로
감사해야 할 것을
졸졸졸 푸른 물에 낙엽이 떨어지네
낙엽이 흘러가네.

선비의 꼿꼿한 기상과 사림들의 올곧은 정신이 살아 있는 이곳 담양.

남도의 멋과 맛이 전승되어 오늘에도 살아 있는 이곳, 역사의 고장을 눈으로 차근히 보고 마음으로 천천히 느낄 새도 없이 길을 찾느라고 헤맸다.

겨우 마음을 추슬러 강변의 호젓함과 시원한 바람을 맞으며 물길을 벗 삼아 페달을 밟았다.

아직까지는 큰물을 담은 강이라기보다는 옛 시절 고향 마을 앞을 지나는 큰 내(川)를 닮은 영산강이다.

이곳을 지나면서 느낀 것은 낙동강, 남한강, 백마강과 달리 높은 산이 시야에 잘 보이지 않는다는 것. 대부분이 동네 뒷산 같은 나지막한 산들밖에 없는 것 같다.

담양은 평야 지대가 펼쳐져 있고 물이 있으니 초근목피는 일찍이 벗어난 듯하다. 그러니 예부터 글이 있고, 그림이 있고, 창(노래)이 있고 흑사발이 아닌 백자가 만들어지는 그런 고장이 아니었나 싶다.

그 핏줄이 면면이 이어져 오늘날에도 가수, 배우, 문학계에도 이름을 내는 분들이 이 고장 출신이 많은 것인가 보다.

영산강은 백제 문화의 근거지이자 350리 물줄기가 도도히 흐르면서 강의 굽이굽이마다 곡류와 시, 문을 꽃피운 우정들이 곳곳에 자리 잡고 있다.

영산강변에 있는 정자가 어림잡아 500여 개에 이른다니 영산강을 가히 정자 문학의 산실이라고 할 수 있겠다.

둑방 양쪽으로 대나무 숲으로 된 길을 만났다.

그저 "와!"라는 감탄사밖에는 어찌 달리 표현을 못 하겠다.

이곳 영산강 자전거 길에 올 때 처음으로 셀카봉을 준비해 왔으나 사용할 줄을 몰라 내 모습을 넣고 사진을 찍어 보니 마음에 들지 않아 대나무 숲길만 찍어 본다.

벌써 광주. 빛 고을 광주, 광주하면 무등산(無等山)이 생각난다.

말 그대로 높이를 헤아릴 수 없고 등급 역시 매길 수 없는 무등 산이다.

멀리 있는 무등산을 바라보며 광주의 역사를 생각해 본다.

3·1 운동, 광주학생운동 그리고 5·18. 찡해지는 마음을 달랬다. 문득 나 자신이 지금껏 살아오면서 상식이 없었음을 이제야 깨달 았다.

이유는 영산강이 광주 중심을 흐른다는 사실 때문이다.

예향이라 그런지 광주 시내 영산강에 놓여진 다리들 모양이 모 두 다르고 특색 있는 구조를 가지고 있다는 사실.

타 지역 시, 군들도 좀 견학 와서 보고 느끼고 갔으면 한다.

우리도 이제는 먹고살 만하고 국민 소득이 3만 불이나 되는 나 라 아닌가. 다리를 건설할 때 양쪽 도로 높이만 맞추어 콘크리트 를 붓고 난간만 비쭉이 있으면 다리 공사 끝이라는 평면적 사고를 이제는 버려야 하지 않을까.

◉ 승촌보

보 위에 놓인 형상이 나주 평야의 쌀알을 형상화한 멋진 모습이 다. 그러나 개방을 하느니 차라리 없애겠다는, 말도 많고 탈도 많 은 그 승촌보다. 그러나 이곳에는 보 개방이나 보 해체를 반대하 는 플래카드는 하나도 안 보인다. 낙동강에는 보 개방, 보 해체는 절대 반대라는 플래카드가 즐비한데…. 강변의 농민들의 마음은 다 똑같지 않을까? 나는 보 해체는 절대 반대다.

알토란 같은 국민 세금으로 만든 것을 어떻게 하면 잘 활용할까를 궁리해야지 어째서 수백억을 들여 해체를 한다는 말인가.

가뭄이 들었을 때 강바닥을 어디까지 파고 파서 양수기를 수백 미터 연결해서 수도꼭지 물같이 논밭에 물을 댈 때는 언제인데…. 벌써 위정자들은 잊었는가? 4대강 사업 이후에 가뭄 때문에 농사를 망쳤다는 기사를 보았느냐고 묻고 싶다.

오늘은 나주에서 1박을 하고 내일 아침 일찍 목표를 향하여 나아가야 한다.

나주 시내에서 1박을 하고 이른 아침 6시에 상쾌하게 자전거 길을 달린다.

나주는 예로부터 '천년고도 목사 마을'이라고 불리었다. 행정과 문물의 집산지이자 군사와 교통의 중심지였고 경상도에는 상주가 삼백(三白)[7]의 고향이었다면 나주는 쌀, 목화, 소금의 산지로 삼백의 고장이었지만 지금은 소금이 아니고 배꽃으로 바꾸어야 해야 할 것 같다.

또 전라도라는 지역 명칭도 전주와 나주를 합친 말에서 유래한 것이다. 이처럼 나주는 호남 지역에서 전주와 버금가는 큰 고을이었음을 알 수 있다. 끝없이 펼쳐진 들판을 보며 달리다 보니 TV에

---

7) 쌀, 누에고치, 곶감.

서만 보던 홍어 거리가 보였다.

강둑 옆에는 등대도 보인다.

그 이름 영산포 강둑을 내려가 등대를 둘러봤다. 휴대폰으로 검
색해 보니 이 등대의 내력을 알 수 있을 것 같다.

일제 강점기였던 1915년 당시 이곳 나주 곡창 지대에서 생산된
문물들을 실어내기 위해 부두 시설을 만들고 등대를 설치했던 것
이다. 영산포는 1977년까지 목포에서 배가 다니던 포구였으나
1979년에 영산강 하굿둑이 완공됨으로써 뱃길이 끊어졌다.

수천 년 질곡의 세월을 다 알고 흐르는 저 강 영산강은 말이 없
다. 있다면 침묵뿐이다.

영산포를 지나 나지막이 엎드려 있는 산, 소리 없이 흐르는 강,

그리고 생명의 존재를 나타내는 이름 모를 들풀, 우리 선조들의 눈물과 땀 그리고 생명의 원천이었던 너른 들판을 눈에 담으며 자전거 페달을 밟아 남으로 간다.

이 대지는 모든 생명의 근원이요, 어머니이다.

우리 민족이 영원히 살아갈 아늑한 품이다.

이번 여행은 일상의 나에게 벗어나 어제의 나 그리고 오늘의 내 모습을 꺼내어 털고, 버리고, 다듬고, 보듬는 반성의 길이요, 기도의 길이다.

숲길이 있고, 시골 고향 마을 같은 골목길이 있고, 새벽의 여명과 한낮의 뜨거운 태양, 저녁의 노을 한밤의 수놓는 하늘에 박힌 보석들의 빛을 눈에 담고 마음에 새기는 감사의 길이다.

아무도 없는 자전거 길을 흐르는 강물을 따라 오르고 내리며 페달을 밟아간다.

어느덧 죽산보에 도착을 했다. 잘 꾸며진 공원 이곳저곳을 구경하는데 '영산강 4경(竹山春曉)'이라는 글이 새겨진 큰 자연석이 눈에 들어온다.

먼저 휴대폰으로 촬영하고 검색해 보니 영산강에는 8경이 있다.

아침식사로 배고픔을 달랬다. 나의 국토 완주 자전거 여행길에서는 아침과 점심 식사가 대부분 간편식(빵, 두유, 바나나, 체리, 방울토마토 등)이다. 나는 매 식사 때마다 무탈하게 여행할 수 있음에 감사하고 앞으로도 무탈한 여행을 할 수 있기를 기원했다.

휴대폰에서 영산강 8경을 검색해서 찬찬히 읽고 있는데 나주 방향에서 라이더가 한 명 도착을 했다. 나는 "안녕하세요" 먼저 인사하고는 길을 나섰다. 또다시 고갯길이 나왔다.

피할 수 없으면 마주서라 했거늘, '그래, 이 고개쯤이야' 하고 온몸에 힘을 다하여 고개 마루에 올라섰다. 순간 내 눈앞에 펼쳐진 풍광!

자전거를 세우고 물을 먹으며 잠시 행복감에 빠졌다.

우리 인생살이 같은 이 자전거 길! 힘든 오르막 뒤에는 이렇게 좋은 풍광을 여유롭게 바라보며 시원한 바람 속을 갈 수 있으니 공평하다는 생각이 들었다.

지금까지의 자전거 여행길은 많은 깨우침과 반성 그리고 회한의 눈물을 흘리게 했다.

오늘 이렇게 몸성히 살아 있고 또 내 의지대로 이 길을 달려갈 수 있는 것 자제만으로 행복히다.

또 고맙고 감사하다.

오늘따라 몸이 무척 가볍게 느껴진다.

강물도 흘러가고 나도 흘러가고 구름도 흘러간다.

강바람은 내 몸 구석구석 흘러 들어오고 그 바람결에 따라 내 몸도 마음도 한없이 열리는 것 같다.

마음 한구석에 쌓여 있는 묵은 때도, 묵은 상처의 딱지도 흘러 나가는 것만 같다.

나주영상테마파크라는 표지판이 보였다. 조금 더 나아가니 자전거 길은 보수공사 중이다.

영상테마파크 정문 방향으로 우회하라는 안내 플래카드가 보이는데 설마 이 한 몸 지나갈 길이 있겠지 하고 그냥 전진했다. 그러나 도저히 자전거를 끌거나 타고 갈 수 없어 되돌아 나왔다.

영상테마파크로 가는 언덕길에 오니 죽산보 방향에서 라이더 한 명이 온다. 그와 동행할 요량으로 기다렸다. 가까이 다가온 그를 보니, 죽산보에서 말없이 인사만 건넸던 사람이다.

그는 목포까지 간다고 해서 같이 동행하기로 했다. 그와 동행하면서 나는 도저히 가파른 고갯길을 자전거를 탈 수 없어 끌고 올라갔다. 그러나 그 사람은 아주 수월하게 자전거를 타고 올라갔다. 그 품새를 보니 배터리 자전거다.

내가 자전거를 끌고 고갯마루에 당도하니 그 사람이 기다리고 있다.

그제야 통성함을 했다. 그는 부산에서 왔단다. 내가 빨리 못 가는데 그래도 동행을 하겠느냐고 물었다. 그는 그래도 같이 가잔다. "네!"라며 흔쾌히 고개를 끄덕이는 그에게 "땡 큐!"라고 외쳤다. 얼마 못 가서 우회하라는 안내판이 나오고 우리는 잠시 멈춰 섰다.

동행인은 휴대폰으로 검색을 하더니 들판 건너 마을로 길을 진행하잔다. 느러지전망대 초입인데 또다시 산이 앞을 막고 있다. 난 별수 없이 자전거를 끌고 올라간다.

전망대에 오르니 '아!' 감탄할 수밖에 없는 풍광이다. 느러지는 '물살이 느려진다'라는 뜻이다.

나주에서 무안으로 흐르는 영산강이 한반도 모양을 닮은 지형에 막혀 물의 속도가 줄면서 그런 지형 이름이 붙었다. 나는 확 트인 전망과 자연이 만든 묘한 지형에 그저 놀라고 감탄할 뿐이다.

행복은 공기입니다

때로는 바람이고

어쩌면 구름입니다

잡히지 않아도 느낄 수 있고

이 세상의 가슴 중에

시리지 않는 가슴 있을 소냐.

다 안아주어야지

맞지 맞고 말고

말처럼 마음처럼 움직이지

못 하는 게 범부들이지

무엇이 니가 옳다 그르다

참 어찌 보면 하찮은 건데.

가슴에 가슴을 맞대고

진정 간절한 심장과 심장을 맞대면

저 강물 흐르듯

소리

큰소리, 잡소리 없이 흘러갈 것을

  동행인과 나는 가져온 계란과 두유 등을 나누어 먹으며 행복한 휴식을 취했다. 이런 저런 대화 중에 동행인이 내 고교시절 친구와 직장생활을 같이 하게 되었음 알았다. 동행인과 나는 "세상은 넓고도 좁다"라며 웃었다.

  몽탄대교를 지나니 자전거 길이 둑방길 공사로 아예 사라졌다. 그러니 파란 선은 물론이고 자전거전용 교통 표지판도 있을 리가 없다. 이때 든든한 동행인 K씨가 휴대폰으로 검색하여 나를 따르라 한다. "오케이, 정말 고마워요."

  들판을 지나고 언덕길을 오르고 내리고, 자갈길, 물길도 지나고 드디어 영산강변 자전거 전용 고속도로가 나왔다. 어느덧 영산호에 도착을 했다. 저 아래 영산강 하굿둑이 보였다.

  그곳에는 '영산석조(榮山夕潮) 영산강 제1경'이라는 표석이 있다. 곁에 서 있는 허형만의 시 「영산강 저녁노을」을 찬찬히 소리 내어 읽으며 지나온 영산강 길 133㎞를 되새겨 본다.

💬 영산강 8경

2010년 국토 해양부가 4대강 사업과 연계하여 영산강에서 아름다운 곳으로 선정된 8곳을 일컫는다.

1경 영산낙조(榮山落照) - 영산강의 저녁노을

2경 몽탄노적(夢灘蘆笛) - 꿈속에 들리는 갈대피리 소리라는 뜻으로 부안군 몽탄면 이산리에 식영정이 있고 이 일대를 몽탄강 이라고도 하고 S자로 흐른다 하여 곡강(곡강) 이라고 한다.

3경 석관귀범(石串歸帆) - 석관정도 나주시 다시면 동담리 있는 정자. 석관정 아래에는 이별바위가 있고 이곳에서 강 너머로 많은 사람들이 떠났고 무사히 돌아오기를 기원하는 마음으로 석관귀범이라 이름하였다.

4경 죽산춘효(竹山春曉) - 사계절 들꽃이 손 흔드는 죽산보.

5경 금성상운(錦城祥雲) - 지평선이 누워 있는 나주 평야.

6경 평사낙안(平沙落雁) - 광주 극락강과 황룡강 물길이 손잡고 흐르는 승촌보 지역이며 넓고 고운 모래밭에 기러기 한 마리가 와서 앉는다는 뜻으로 경관이 빼어난 지역이다.

7경 풍영야우(風詠夜雨) - '제일호산(第一湖山)'이라는 한석봉의 명필현액이 걸린 풍영정.

8경 죽림연우(竹林煙雨) - 대나무 숲에서 피어오르는 새벽 물안개.

섬진강 종주 자전거 길 1

◎ 섬진강댐/장군목/향가 유원지/횡탄정/구례읍

　가장 젊은 오늘, 내가 하고 싶은 것을 할 수 있을 때 하자.

　인생길의 만조 시간이 점점 다가오는 것이 눈에 보이는데 내 의
지대로 내 사지(四肢)를 움직이고 힘쓸 수 있는 오늘 하자.

　지난 3월 1일 낙동강 자전거 길을 처음 만났던 광경들은 나를
이 길로 불러들였다. 준비되지 않은 몸 상태지만 그동안 일상에서
모든 것의 첫 순위를 자전거 여행에 두고 이 길을 찾았다.

　첫날 강에서 마주한 하늘, 스치는 바람과 대지에서 솟아나는 이
름 모를 생명체들의 모습 그리고 태양과 말없이 고요히 흐르는 강
물은 순환하는 자연을 보여 주었고 어느 것 하나 범상치 않은 생
명체들의 고귀함을 느꼈다.

　이 자전거 길을 가면 갈수록 고통만큼 가슴에 큰 울림이 있었
다. 그 시간은 비움의 시간이요, 침묵의 시간이었다.

　잠시 스쳐가는 인연의 소중함을 새삼 느끼고 그 인연들에서 삶
을 배우고 느꼈다. 또한 인생을 관조할 수 있는 시간이었기에 난
오늘도 외롭고 고통스러운 이 길을 찾아 나섰다.

국토 자전거 길 1,857㎞ 완주를 다짐하며 옛말을 떠올렸다. "세상은 물이요, 인생은 고기이다"라고 했던가.

해불양수(海不讓水)라고 바다는 그 어떠한 물도 모두 받아들인다.

흐르는 물은 앞뒤를 다투지 아니하며 산이 막히면 돌아가고 바위를 만나면 나누어 비켜 간다.

가파른 계곡을 만나면 숨 가쁘게 나아가고 낭떠러지를 만나면 가볍게 떨어지고 깊고 큰 호수를 만나면 차곡차곡 다 채운 다음에야 천천히 흘러간다.

이렇듯 물은 세상에서 가장 부드럽고 약한 것이지만, 큰물이 지나간 뒤에는 흔적도 없다. 불난 끝에는 재라도 남는다는 말이 있질 않은가.

물처럼 부드럽게 낮추며 사는 것이 삶의 무게를 고결하게 간직하는 방법이며, 물처럼 사는 인생이 가장 아름답고 으뜸이라고 했다.

속담에 멀리 가려면 함께 가라고 했다. 하지만 나는 홀로 간다.

어디에 매이거나 신경 쓰지 않고 나 자신만을 믿고 의지하고 실체의 나를 보고 만나고 가고 앉고 침묵의 시간을 갖기에는 '나 홀로'가 좋다. 나 자신의 그림자만 끌고 훨훨 가는 것이다. 스스로 선택한 마음의 길을 가는 것이다.

섬진강(蟾津江) 또 다른 이름으로 모래가람 다사강(多沙江), 사천(沙川), 두치강 등이 있다. 이는 강의 고운 모래로 인하여 붙여진 이름이다.

14세기 말엽(고려 말 우왕, 1385년경) 왜구가 섬진강으로 물밀 듯이 몰려오자 수십만 마리의 두꺼비가 나와 소리를 질러 왜구를 격퇴시켰다는 전설에서 유래한다.

섬진강의 발원은 전라북도 진안군 우곡리 부귀산 데미샘이다.

섬진강 종주 자전거 길 2

◉ 섬진강댐/장군목/향가유원지/횡탄정/사성암/남도대교/매화마을/ 배알도 수변공원

오늘 일정은 회사 차로 창원을 출발하여 전북임실군 섬진강댐 인증 센터에 도착 후 차는 돌려보내고 구례읍까지 대략 80㎞를 가는 여정이다. 한적한 중부내륙고속도로와 익산~함양 고속도로를 지나 난생처음 와 보는 순창을 거쳐 섬진강댐 인증 센터에 도착했다.

섬진강 종주 안내판을 보니 섬진강은 시인의 강, 하늘의 강, 소리의 강, 노을의 강 등 4개의 태마로 구성되어 있다.

강둑길을 달리다 보니 진뫼 마을인 이곳이 섬진강 시인으로 알려진 김용택 시인의 집이 있는 마을이다.

자전거를 세우고 시인의 집과 뒷산, 그리고 작은 강물이 흐르는 마을 앞 풍경을 바라봤다. 마을 입구에 서 있는 세월을 짊어진 느티나무 한 그루도 서 있다.

편안하고 고요한 산과 들…. 아름다운 우리 강산이다.

섬진강으로 오기 전 자전거 라이더들에게서 들은 말이 떠오른다. 또 다시 가고 싶은 길이 섬진강 자전거 길이라고. 정말 그렇다.

이렇듯 자전거 여행은 공간을 달리면서 지나간 시간과 지나간 기억 속 과거의 공간을, 불러오는 여행이기도 하다. 기억을 찾아가는 여행은 첫사랑(?)의 풋풋한 추억을 떠올리며 웃음을 머금는 것처럼 행복한 일이다.

섬진강은 아직 사람의 손때가 묻지 않은 자연 그대로다. 풀숲이 살아 있고 모래톱이 열아홉 처녀 얼굴의 모습으로 강변에서 수줍게 앉아 있다. 자그마한 안내판에는 '요강바위'라는 글이 쓰여 있다. 물의 흐름에 따라 모래, 자갈 등이 바위의 오목한 곳에 들어가 회전하면서 바위 속을 깊고 오목하게 깎아 내어 구멍이 생긴 바위를 '요강바위'라고 한다.

감성의 강 장군목 인증 센터를 지나 멋진 강변을 시원스레 달린다. 스치는 강바람에 몸 안의 때가 털려나가는 기분이다.

그래서 자전거 여행길은 행복과 자유를 얻는 여행이다. 지나는 길 위의 풍경, 그 풍경에서 오는 시각, 청각, 후각의 본초적인 느낌은 머리나 가슴으로 전해져 풋내기 시인이 되기도 하고 아지랑이 피는 봄날의 나비가 되기도 한다. 달리다 보니 자전거 전용 터널이 나타난다. '향가터널'이라고 쓰여 있다.

입구에는 익히 보았던 완장 찬 일제 시대 군인 모습의 조형물이 있다. 그리고 삼베옷에 지게를 지고 있는 농부와 삽과 곡괭이질을 하는 일꾼 모습의 조형물이 서 있다. 조형물을 보며 이 터널은 일제 시대와 연관이 있겠구나 하며 터널을 지났다. 터널을 지나자 향가 유원지 인증 센터와 휴게소가 나온다.

빵과 두유와 방울토마토로 식사를 했다. 주위를 둘러보니 바로
철교와 붙어 있다.

철교와 터널의 사연은 이렇다.

일제시대에 남원과 임실 지역에서 생산되는 곡물을 실어내기 위
해 철도 개설 공사를 했으나 완공도 보지 못하고 8·15 해방을 맞았
다. 터널 앞의 조형물도 이 터널 공사에 동원된 지역의 농민들과
일본 순사를 형상화한 것이다.

띄엄띄엄 스쳐 지나는 라이더들에게 즐거운 마음으로 손을 흔
들어 인사했다. 그리고 나는 하늘을 나는 새처럼 거침없이 나아
간다.

아! 또 이게 무슨 사단이 났네. 근 1시간을 갔는데도 스치는 라이더 한 명 없었으니 물어볼 곳도 없고 마을은 좌측으로 들판 건너에 있고….

앞으로 진행을 해 보는데 안내 입간판에 '남원 요천 100리 숲길'이 나타난다.

이 지역 사람으로 보이는 두 사람이 맞은편에서 온다. 여차저차 이야기를 하니 이 길은 남원 광한루가 종점이란다. 얼마나 왔을지를 묻자, 근 30리는 족히 왔단다.

다시 내려가다가 4번째 다리에서 좌회전해서 가야 한다고 알려 줬다. 아이고, 이 일을 어쩌나 시계는 오후 3:40분, 갈 길은 거의 40㎞는 남아 있었다. 나는 죽기 살기로 페달을 밟는다.

해지기 전에 구례에 가야 하는데…. 마음만 다급해졌다.

부지런히 달려 횡탄정 인증 센터에 도착을 했다.

숨을 몰아쉬고 보건 체조도 하고 물 한 모금도 마셨다. 가 보자!

계속 강변 산속 숲길로 가는데 산 속이라 해는 벌써지고 어둠이 깃든다.

산 그림자가 차광막을 드리웠다. 산길을 빠져나오니 2차선 지방도 이정표에 구례가 보였다.

강 건너에서는 기차 지나가는 소리도 들린다. 지나가는 차량들은 스몰 라이트, 헤드라이트를 켜고 지나간다. '곡성 천문대'라는 입간판이 보였다. 자전거를 세우고 길가에 앉았다. 체면 불구하고 맨소래담 로션을 양 종아리와 허리와 어깨에 문지르고 바른다. 긴장을 하고 힘을 다해서 페달을 밟으니 온몸은 땀범벅이고 숨쉬기는 간당간당하다. 말 그대로 일모도원(日暮途遠), 천리타향에서 해는 저물고 갈 길은 어드메고…. 휴대폰을 꺼내 예약된 게스트 하우스에 전화를 하니 곧장 직진해서 오면 되고 전면에 고속도로가 강을 가로질러 지나는 지점에서 다시 전화하란다. 시간은 40~50분 소요될 거라는 말.

자전거에 전조등도 없는데 이 일을 어이할꼬.

도로는 아스팔트 포장에 왕복 2차선 지방도다.

노견에 바짝 붙어서 조심조심 진행을 한다. 드디어 고속도로 다리 밑에 도착!

게스트 하우스에 전화 연결을 했다. 게스트 하우스 사장은 게스트 하우스까지의 거리가 10여 분도 채 안 걸리니 오라고 말한다. 좌측에서 플래시를 들고 흔들고 있겠다는 말에 고마움이 앞선다.

구례 게스트 하우스 8인실에서 나와 서울에서 온 총각 라이더 1명과 읍내에서 저녁식사를 했다.

구례 구역을 돌아보고 자그마한 슈퍼에서 내일 간식거리를 장만하고 숙소에 돌아왔다. 서울에서 온 총각과 대화를 하니 내일 광양을 간다고 했다. 나는 아침 일찍 차선이 보일 때면 출발한다고 했더니 자신은 그렇게 일찍은 못 떠난다며 나 먼저 떠나란다. 그렇게 정리하고 우리는 잠자리에 들었다.

아침식사는 게스트 하우스에서 준비해 준 식빵을 토스트기에 굽고, 내가 준비한 두유와 방울토마토로 만찬을 했다.

출발을 위해 다시 한 번 일정을 살폈다.

오늘 일정은 64~65㎞로 늦어도 12시경에는 광양에 도착할 예정이다.

아침 6시에 집을 나서니 2차선 도로 맞은편도 보이지 않을 정도의 안개가 끼어 있다. 겨우 차선만 눈앞에 보인다. 걱정이 되어 망설이다 출발은 했는데 안경에서 물이 줄줄 흘러내렸다. 나는 다른 때보다 더욱 조심조심 진행을 했다.

그나마 마음이 놓이는 것은 오늘 길은 거의 직진만 하면 되니 전방 차선과 이물질만 주의하고 가면 될 것 같다.

지금껏 살아오면서 이런 안갯속은 처음이다. 사위(四圍)가 고요함뿐인 강변을 나 홀로 자전거를 타고 가는 일은 처음이다.

문득 헬렌 켈러의 말이 떠올랐다. "인생에 도전이 없으면 아무것도 아니다."

눈앞에 보이는 건 온통 짙은 안개뿐이다. 들리는 것이라 곤 간간히 자전거 바퀴가 굴러가는 소리뿐. 강 안에서는 무섭게 정적만 흐르고 앞으로 나아갈수록 밝은 태양을 맞이하기 위한 생명의 소리가 들려오기 시작한다.

새날을 알리는 깃은 비단 이것들만이 아니다.

생명의 소리와 함께 짙은 물안개가 보이고 흩어지고를 반복한다.

마치 바람의 지휘를 따르는 오케스트라 단원들 같다.

물안개가 살아 움직이는 느낌이다.

끝나지 않은 연주에 눈을 감았다 떠 보니 발아래 가시지 않은 안개가 구름다리도 놓았다. 그리고 새날의 태양은 이미 저만치 아침이 왔음을 알리고 있었다.

안개가 걷히고 세상이 밝아지면서 난 다시 앞을 보는 것에 집중을 한다.

물안개의 움직임은 끝이 났다.

그러나 나는 새날의 시작을 생생히 들었다.

그것을 보려는 생각을 멈추고서야 만날 수 있는 경이로움이었다.

슬픔과 절망을 겪지 않은 사람의 삶은 싱겁다. 그래서 누리는 행복도 싱겁다.

슬픔의 끝에는 위로가 있다. 슬픔의 크기와 비례하는 위로. 과거는 지나갔고 미래는 아직 오지 않았다. 현실에 충실하고 집중해야 한다.

사람은 '어제의 나'와 '오늘의 나'가 만나 '내일의 나'가 된다.

어느새 사성암 인증 센터에 도착 했다. 너무나 기쁘고 행복하다.

방금 지나온 길과 그 시간은 다른 어떤 외계의 세상에 있다온 기분이었다. 이번 섬진강 여행길에서 꼭 들러야겠다고 계획한 사성암인데 그 입구에서 나는 절망을 했다. 갈 수가 없어서였다.

왕복 7㎞인데, 자전거로는 불가능하고 오직 걸어서 왕복을 해야 한다. 하지만 일정상 그렇게 할 수가 없다.

남쪽으로 가면 갈수록 하늘은 뚫리고 강에서는 물안개가 춤을 춘다. 레이저 쇼에 견주어서는 아니 되는 순수한 자연의 춤이다.

강물과 태양과 바람의 조화로 이루어지는 보면 볼수록 경외, 경이로운 움직임이다.

어느 덧 남도대교에 자전거가 닿는다. 「화개장터」 노래 속 광양 사람들이 똑딱배를 타고 5일장에 건너오던 그 길이다. 줄배도 똑딱배도 다리 하나를 만들면서 다 사라졌다.

⚜ "문명(文明)"

생겨나는 것과 사라지는 것의 숙명은 인간의 편리와 욕망 사이에서 결정이 된다.

자전거를 끌고 남도대교를 건너 경상도 땅으로 건너가 본다. 휴일이지만 왁자지껄한 장터의 풍경이 아니다. 오직 붙박이 장사의 셈본만이 화개장터라는 이름으로 걸려 있을 뿐이다.

오가는 관광객을 부르는 재첩국도 목공에 소품도 국산인지 중국산인지 알 수가 없다.

한마디로 왠지 씁쓸한 화개장터다.

섬진강의 봄소식은 광양의 매화로 시작하여 하동의 벚꽃으로 진다.

광양하면 매화마을 아닌가. 광양 매화마을하면 그 이름 홍쌍리 경상도 밀양 처녀가 생각난다. 전라도로 시집간 여인, 억척의 여인, 지혜의 여인. 그 여인의 삶은 얄궂고 삐뚤어진 이 세태에 우리의 가슴을 봄비처럼 우리의 가슴을 촉촉이 적시고 있다. 흐르는 세월 속에 모든 것은 변하고 또 변하고 생성된다.

"명성은 강물과도 같아서 속이 빈 것은 뜨게 하고 무겁고 실한 것은 가라앉힌다"라고 말한 베이컨의 말이 떠오른다. 실개천은 강물과 합치고 강물은 바닷물과 합쳐진다.

흘러가는 구름은 바람과 높은 산과 낮은 산을 접하고 합해야 제 모습을 뚜렷이 나타낸다.

이 세상에 모든 것이 나 홀로라면 무슨 의미가 있는가? 이 멋지고 아름다운 강변을 바람을 헤치며 두 바퀴는 굴러간다.

어제의 후회, 오늘의 잡다한 걱정, 내일의 온갖 상념은 다 스쳐가는 바람에 떼어 보내고…. 이 시간 떠오르는 단어는 자유와 행복뿐. 그리고 몸성히 살아 있음에 감사하는 마음뿐이다.

'배알도 수변공원 인증 센터 1㎞'라는 안내판이 보인다. 이틀 동안 150㎞의 섬진강 길을 지나온 시간이 눈앞에 아른거린다. 인생은 여행이다.

여행은 돌아올 것을 전제로 떠나는 것이고 시작점이 있으니 끝나는 지점도 있는 것이다.

천상병 시인은 「귀천」이라는 시에서 '아름다운 이 세상 소풍 끝내는 날, 가서, 아름다웠더라고 말하리라'라고 하지 않았는가.

흙에서 나서 흙으로 돌아가는 우리 인생 여행길 아니던가. 인생이라는 여행 그리고 그 마지막 여행은 죽음의 여행이다.

인생이 삶이면 죽음은 삶의 반대편에 서 있다.

누구나 가야 하는 여행이 죽음의 여행이다.

섬진강 길 자전거 여행은 여기서 끝이 났다.

이 인생 여행길의 끝은 어디, 언제가 끝일까.

나도 더 이상 갈 수 없는 인생길의 끝에서 시인의 글처럼 아름다웠더라고 말할 수 있을까?

◉ 10월

10월은 일 년 중 가장 좋은 달이라 하여 '상달'이라고 한다.

덥지도 춥지도 않아서 좋고, 책 읽기에도 좋고, 여행 다니기에도 좋다. 나뭇잎 하나에도 생각을 하게 되는… 좋은 달이 10월이다.

올해는 물난리와 태풍 한 번 없이 대풍이라던데… 사람이 제 아무리 잘났다고 우쭐댄들 인간사 모든 일이 하늘이 도와주지 않으면 나약한 사람의 힘으로는 늘 일정한 한계와 절망의 일밖에는 없는 노릇 아닐까.

그리 보면 올 한 해는 애국가의 한 소절과 같이 하느님이 보호하사 큰 축복의 강림이 아닐까 싶다. 우리의 산천을 걷다 보면 눈에 들어오는 황금 들판이 너무나 위대해 보인다.

잘 익어가는 사과며 감이 그리고 고추의 색깔들이 너무나 예쁘고 오묘해 눈이 부신다.

억새풀이 머리를 활짝 풀어 헤치고 가을 춤을 덩실대는 그 폼은 너무나 고상하고 멋져서 그 어느 발레에 비할 수 없다.

쪽빛 하늘은 청출어람 그 자체이고 강 언덕에서 바라보는 가을의 일몰은 삶의 길을 찾아 나선 노스님의 모습을 보는 듯하다.

이 산하의 가을색 숨결로 인해 굳은 이 몸의 머리도 시심(詩心)으로 하나둘 채워지는 듯하다.

10월은 결실의 달이요, 채움의 달이요, 또한 하심(下心)의 달인 것 같다.

들판에 나가 서 있어 보라.

강둑이나 바닷가에 서 있어 보라.

산 정상에 올라 서 보라.

가을은 오는 게 아니라 맞이하는 것이다.

진객을 맞는 자세로 마음을 구석구석 정리하고 마음의 커튼과 문을 열고, 가슴을 크게 열어 이 가을을 영접해 보라.

진솔하고 경건하게 하심으로 이 가을을 맞이하면 시인이 되고 화가가 되고 구도자가 될 것이다.

자연의 순리와 오묘함 그리고 감사와 겸손을 느끼고 삶의 의미를 크게 느낄 것이다.

우리네 인생은 아주 존귀한 존재다. 두 번 다시 오지 않는 오직 한 번만이 있는 그런 존재이므로 하루하루가 소중한 삶이요, 역사다.

그 역사를 어떤 모양으로, 어떤 색조로 만들고 싶은가.

그 선택과 행함이 저마다의 몫임을 잊지 말아야 한다.

사람은 살아가면서 가끔은 몸이 아파 봐야 한다.

그래야 건강의 소중함도 깨닫고 기고만장하며 살아가는 우리인간이 하찮은 것임을 느낄 수 있으니까.

가끔은 고난과 역경도 맞닥뜨려야 한다.

그래야 그것을 이겨내고 극복하는 보람에 더러는 살맛도 나지 않을까.

세상을 살다 보니 경험보다 더 출중한 스승은 없는 것 같다. 어떤 때는 비싼 수업료를 내고 배우기도 하고 어떤 때는 도둑을 맞고 외양간을 고치기도 한다.

세상살이가 갈수록 팍팍하고 살기 힘들다고 한다.

언제 우리가 가만히 놀면서 배불리 먹고 행복했는지.

다 저 하기 나름 아닐까.

먼저 제자리를 지키며 제 몫을 다하며 살아가야 한다.

땀을 흘리자.

열정의 땀을 흘리자.

꿋꿋이 노력하는 사람만이 내일을 기약할 수 있다.

결실의 계절 10월에 인생의 마감 길에 쭉정이는 되지 말아야 하지 않을까.

동해안 종주 자전거 길
- 강원 구간

어쭙잖게 시작된 국토 완주 자전거 여행의 마지막 일정은 동해안 종주 자전거 길 318㎞를 남겨두고 있다.

나 스스로에게 이른다. 무탈하게 잘 참아 왔다고. 그간의 여정을 정리하면 아래와 같다.

자전거 길 국토 완주 코스: 1,879㎞

코스	구간	거리 (km)	일정
한강 종주	아라한강갑문 - 충주댐	192	6/15, 6/23
국토 종주	아라서해갑문 - 부산 낙동강 하굿둑	633	3/1, 4/21, 4/28, 5/4, 6/2, 6/6
낙동강 종주	부산 낙동강 하굿둑 - 안동댐	76	6/8~9
오천 자전거 길	괴산행촌 교차로 - 세종 합강공원	105	7/6
북한강 종주	밝은 광장 - 춘천 신매대교	70	7/7
금강	군산 금강 하굿둑 - 대청댐	146	7/12~7/14
영산강	담양댐 - 목포 영산강 하굿둑	133	10/5~6
섬진강	임실 섬진강댐 - 광양 배알도 수변공원	150	10/12~13
제주 환상 종주	용두암 - 용두암	234	7/31~8/3
동해안 종주	고성 통일전망대 - 영덕 해맞이 공원	318	10/31~11/3
	상기 한강 종주 192㎞는 국토 종주 633㎞에 포함됨 별도 주행: 탄금대 - 충주댐	2057 -192 +14	29일
	합 계	1,879	

有始有終(유시유종)

- 『논어』「자장」편

처음 시작이 있으면 끝이 있다는 뜻으로 시작했으면 끝도 있게 해야 한다는 말일 것이다.

지난 3월에 시작된 자전거 길의 마무리는 모든 생명의 시원(始原)인 바다를 끼고 마무리하려 한다.

현대를 사는 우리는 해야 하는 일의 일상에 묻혀 살아간다. "다들 바쁘다, 피곤하다"가 입에 붙어 있다. 하루 이틀이라도 아무 생각 없이 조용히 나 혼자 어디 떠났다 오면 좋겠다 하며 산다.

나도 그랬다. '그런데 내가 이틀 비우면 어떻게 해' 하고 살았다.

그러나 이번 자전거 여행길을 통해서 알았다. 때로는 하고 싶은 것을 하고 살아도 내가 미리 한 1년의 계획에는 크게 차질이 없다는 사실을. 일상의 생활 패턴에서 일탈(?)은 현대인들에게 내면적으로 성장의 큰 기회가 된다는 사실이다.

한마디로 풍요는 비움에서 시작되고 비우지 않으면 결코 채울 수 없다. 비움은 근자에 자주 사회 인문학 강좌에서 회자되는 화두이기도 하다. 여행은 일상에서의 벗어남이요, 채우기 위한 비움이다.

그 장소는 상업 시설의 리조트나 관광지가 아니다. 달과 별을 볼 수 있고 물소리와 새소리를 들을 수 있는 곳, 자연의 모습과 냄새를 맡을 수 있으며 흙냄새를 맡고 땀을 흘릴 수 있는 고요와 침묵의 공간이면 더욱 좋다.

이번 자전거 여행을 통해서 내가 얻고 깨우친 것을 한마디로 한다면 방하착 착득거(放下着 着得去)[8]이다.

"인생(삶)은 흘러가는 것이 아니라 채우고 또 비우는
과정의 연속이다. 무엇을 채우느냐에 따라 결과는
달라지며 무엇을 비우느냐에 따라 가치는 달라진다.
인생이란 그렇게 채우고 또 비우며 자신에게 가장 소중한
것을 찾아가는 길이다.

— 에릭 시노웨이·메릴 미도우, 『하워드의 선물』 중

10월 31일 목요일에 자전거 예비 튜브, 에어 펌프, 우의, 아스피린, 맨소래담 로션, 스프레이 파스 등을 준비하고 회사 자동차편으로 부산 노포동 시외버스터미널에 11시경 도착했다. 이후 강원도 고성 거진행 버스표를 구입하여 동행인 김씨를 만나 출발을 했다. 우리나라의 좁은 땅덩어리에서 6시간이나 버스로 가야 한다니 믿기지가 않았다.

버스는 거의 2시가 넘어서 차 한 대 없는 썰렁한 곳에 정차했다.

---

8) 마음속의 번뇌와 갈등과 집착 등을 내려놓고 비우며 새로운 마음과 눈으로 세상을 바로 보라는 뜻이다.

매점과 화장실이 있으니 5분 있다 출발을 하겠단다. 빨리 일을 보고 먹을 것은 차에 가지고 와서 드시라고도 이른다.

버스는 달리고 달려 강릉과 속초를 경유하여 5시 반경 고성 거진에 도착을 했다.

차에서 내린 우리는 11㎞ 정도 떨어진 대진으로 페달을 밟았다. TV에서만 본 화진포도 만나고 우리나라 초대 대통령 이승만 대통령 별장의 안내판도 보였다. 대진해변에 도착을 하니 해변을 밝히는 가로등 불빛과 동해의 파도소리가 나를 반긴다.

가로등 불빛의 도움으로 민박집을 찾았다. 그곳에서 나의 행선지를 설명하고 천 리 타향의 첫 밤을 맞는다.

끝을 헤아릴 수 없는 동해 바다를 바라보며 생각에 잠겼다.

넓고 넓은 바다처럼 내 품이 넓고 너그러워질 수는 없을까?

깊고 깊은 동해처럼 감싸안고 끌어안고 받아들일 수는 없을까?

지금 이 시간 떠오르는 단어 여유, 사랑, 용서, 이해, 감사…

어느 시인은 가을 바다를 쓸쓸한데 쓸쓸하지 않다고 표현했다. 알 듯 말 듯하다.

안경 렌즈에는 영롱한 아침 이슬이 맺혀 흐른다. 두 귀에는 시작점을 알 수 없는 파도가 우리 땅 동해 해변에 철썩이며 드러눕는 소리가 들린다. 내 마음에는 허전, 아픔, 상처, 자유, 희망, 번민의 단어들이 떠오른다. 내 몸은 동해 바다의 아침 찬바람을 맞으며 통일 안보 공원으로 페달을 밟으며 북으로 나아간다. 말 그대로 정적, 고요함뿐이다.

길가에는 일견 가게였던 건물들과 노점상이었을 좌판과 텐트 철 골들이 아무렇게나 방치되어 있다. 그 모습을 보니 황량하다고 해 야 하는지, 폐허라고 해야 하는지 한마디로 을씨년스럽다. 대한민 국에서 노선 버스가 다니는 동해안 북쪽 마지막 종점 강원도 고성 군 현내면 마차진리 버스정류소다.

사진을 하나 찍고 북으로 페달을 밟는다. 드디어 안보교육관에 도착했다. 더 이상 북으로 나아갈 수 없는 우리 땅 북쪽 끝이다.

인적 없는 안보교육관에서 보이는 광경은 폐업한 주유소와 넓은 주차장과 북으로 이어진 4차선 아스팔트 도로뿐. 그곳에는 동해에서 불어오는 알싸한 아침 바람뿐이다.

정권의 정치적 계산에서 시작된 금강산 관광은 아래와 같다.

1998년 11월 18일: 동해항에서 금강산행 여객선 첫 출발
2003년 9월: 육로 관광 시작
2008년 7월: 여성 관광객 북한군 총격에 사망으로 중단

※ 우리나라 사람 175만 명이 금강산을 갔다 옴

자전거 여행은 출발지에서 도착지까지 가는 단순한 물리적 이동이 아니다. 육체적 고통을 이겨내는 자신과의 싸움이요, 그 싸움에서 내 몸의 무한한 자유를 느끼며 행복을 일깨우는 길을 찾아가는 길 위의 여행이다.

그 길에는 옛사람들의 자취가 있고 지혜가 있고 희로애락의 자욱이 있다.

고요한 숲길에서 내 눈과 가슴에 다가오는 길섶의 야생초, 꽃, 나무 숲, 산새, 하늘, 바람… 이 모든 자연은 나의 내면을 일깨우며 가는 길을 멈추고 바라보게 만들며 더하여 나의 심상을 일깨우

며 시인이 되게 한다.

자연의 경이, 생명의 존재와 가치를 보고 느끼게 한다. 길 위에서 지혜를 배우고 땅 위 모든 생명의 숨결을 느낀다. 나 자신이 한없이 작은 한 생명의 개체임을 절실히 깨닫는다. 존재함에 무한히 감사하는 마음이다. 고로 자전거 여행은 길 위에서 시간을 찾아가고 행복을 찾아가고 나 자신을 찾아가는 노정이다.

집 나오면 춥고 배고프다 했던가. 사람이라고는 없는 길을 가는데 오른쪽 앞에 식당 간판이 보이고 불이 환히 켜져 있다. 다가가서 식당 안을 보니 한 사람도 없다. 혹시나 싶어 문을 두드리니 아주머니께서 어떤 일이냐고 묻는다. 혹시 아침 식사 할 수 있느냐고 물으니 앉으란다.

'오예!' 속으로 쾌재를 불렀다.

아주머니 얘기인즉, 보시다시피 이곳에 금강산 관광길이 끊기고 나서는 아예 폐허가 됐단다. 그나마 군부대에 일이 있어서 속초에서 온 일꾼들의 아침과 저녁을 해 준다고 문을 열었다는 것. 밥은 있으니 먹고 가라는 말에 "고맙습니다. 아주머니"라는 말이 절로 나왔다. 아침식사를 마치고 나오니 동해 일출이 막 시작된다. 일출을 보며 이 여행길 무탈하게 해 주십사 기원하며 고개를 숙인다.

오늘은 강릉 경포대 해변까지 120㎞의 여정이다. 채비를 다시 점검하고 출발을 했다.

대진고등학교를 지나고 화진포 해변을 지났다. 갈 길이 바쁜 나는 이승만 별장과 화진포 생태박물관 등의 안내판을 보고도 그냥 스쳐 지나갔다. 거진을 지나 북천철교 인증 센터로 향했다. 바닷바람을 맞으며 기분 좋게 페달을 밟아 거침없이 해변 길을 달렸다. 그런데, 이게 무슨 변고란 말인고. 해변 철조망이 앞을 막고 서 있다. 이쪽저쪽을 보고는 우측의 조그마한 산 방향으로 자전거를 끌고 간다. 산을 돌아서 내려가니 반가운 파란색 자전거 길 라인이 보인다.

드디어 북천철교 인증 센터에 도착을 했다. 안내판을 보니 북천철교의 내력은 1932년 일제가 건설한 동해 북부선(원산~강원 양양) 철교다. 이후 6·25 전쟁 당시 연합군이 함포 사격으로 폭파했던 비극의 현장이기도 하다.

나는 해변의 자전거 전용 길로 가볍게 페달을 밟는다. 동해 바다는 춤추고 새는 바람을 타고 하늘을 난다.

이 기분을 누가 알랴!

물아일여(物我一如)!

사물과 내가 하나 되면 물욕에 얽매이지 않는다. 그러면 마음의 자유를 얻이 즐거움이 저절로 일어난다.

더하여 지호락(知好樂)이라 했던가.

이름도 예쁜 아야진해수욕장이 보였다. 잠시 멈춰 서서 안내판을 배경으로 사진 촬영을 한 컷 했다.

바라만 봐도 기분 좋은 파란 하늘이다. 푸르른 바다를 끼고 달려 봉포항에 도착했다.

강원도 고성군을 지나 속초 땅에 닿았다. 익히 듣던 이름인 영랑호를 지나고 영금정 인증 센터에서 기분 좋게 라이딩 패스 확인을 했다. 복잡한 속초 시내로 들어서는데 자전거를 타고 갈 수가 없다.

보자 하니 '2019 속초 별미 양미리 축제'란다. 한마디로 혼쭐이 다 빠져나가는 기분이다. 파란색 자전거 길은 어디로 증발이 되었는지…. 한마디로 이리 갔다 저리 갔다 헷갈렸다.

금강대교를 지나고 설악대교에 도달했다. 설악대교 아래가 그 유명한 아바이마을이다. 저 멀리 설악산의 울산바위도 보이고 갯배도 구경했다. 속초 시내를 벗어나 물치항으로 갔다.

또 다시 식사할 시간이 되었다. 허리와 다리가 많이 아파 사람이 없는 골목 안 상가 뒤편으로 갔다. 맨소래담 로션으로 응급처리를 해 보는데 영 민망하다. 아랫도리는 팬스 바람인데, 체면 불구하고 뒤돌아서서 바를 수밖에 별 도리가 없다. 로션을 바르면서 점심은 물회로 먹어야겠다고 정했다. 주변 식당을 둘러보니 40년 전통 '모녀식당'이라는 간판이 보였다. 그쪽으로 가 본다. 막상 식당 내부는 손님이 한 테이블도 없어 아차, 싶다. 맛이 별로 손님이 없을지 걱정이 앞섰다. 내가 주문한 음식이 나왔는데 역시나 식성 좋은 내가 음식을 먹다가 말았다.

식당을 나와 옆 편의점에서 햄버거에 바나나 우유를 사서 폭풍 흡입을 했다. 결국 편의점 음식으로 점심 식사 끝.

페달을 밟고 또 밟으니 강원도 양양군 낙산사를 지나고 양양 국제공항 교통 안내판이 보였다. 더 달리니 동호 해변 인증 센터가 나왔다. 지난여름 많은 사연들이 쌓이고 묻힌 해변에 앉아 잠시 생각에 잠겼다.

흐르는 강물처럼
스쳐가는 바람처럼
흘러가는 구름처럼 살라지만

보이는 것
생각하는 것
이루고 싶은 것
넘치고 넘쳐 파도 같다.

육지를 점할 수 없는 바다
바다를 넘볼 수 없는 산
생각에 따라

부서지고 이루어지는 것이
삶이란 것인지

비오면 비오는 대로
적시며 살다가
있는 듯 없는 듯
조용조용
잠자듯 있다 갈래요

　이제 강릉 땅 주문진 항을 지나고 길은 솔밭 길 길가는 나그네
솔향기와 해풍 그리고 숲 사이로 보이는 동해 바다 백사장에 하얀
거품을 내보이며 눕고 들어 눕는 파도, 파도 소리는 크게 더 크게
내 가슴을 뚫고 지나가네.

해거름 강릉 경포 해변에서

저 바다 위

지는 석양빛에 주인과 손님으로 차지하고 있는 구름도

거기에 제 품을 찾아 나는 외로운 물새도

왠지 쓸쓸한 자연의 아름다움으로

가슴이 먹먹해지는지

산다는 건

흐르는 바람에 스쳐 지나가는 향기 같은 거

흐르는 파도에 이는 물거품 같은 거

잠시 행복에 젖어 저녁상을 준비하는 새댁의 마음

자고 나면 언제나 새로운 날에

하고 싶은 일이 아니라

해야 하는 일에 담금질해 온 삶

숨 가쁘게 모퉁이를 돌고 돌아 나오니

어느새 백발이 희끗희끗

이제는 갖고 싶고 해 보고 싶고 이루고 싶은

많은 꿈들도

잠 못 드는 헤일 수 없는 밤의 꿈들도

하나둘

흐르는 저 물결 위에 얹어 놓아야 할 시간

자의는 내려놓고

세월의 섭리가 느끼게 해 주는

용서와 이해를 반겨 맞아

마음을 다독여야 할 시간

화무십일홍(花無十日紅)이라고...

떠날 때를 알고 떨어지는 꽃잎처럼

욕심 없는 마무리가

이제 얼마 남아 있는지 모르는

이 땅의 생에

아름다운 석양을 닮은 모습이 아닐까?

강릉 경포 해변에서
심척 임원항까지

동해의 새벽 찬바람을 맞으며 6시에 게스트 하우스를 나왔다. 오늘은 힘든 고갯길이 얼마나 나를 시험할지 모르겠지만 온 힘을 다해 극복하리라 다짐하며 길을 나섰다.

지난밤에 요약한 자료를 보면 오늘 지나야 할 고갯길은 일곱 곳이다. 정리하면 아래의 내용과 같다.

---

1. 등명낙가사 고개(정동진 가기 전) 1.2km 5%

2. 모래시계 고개 0.8km 9~13%

3. 사리재(맹방해수욕장 전) 1km 6%

4. 용화재(궁촌항~용화해변) 1.2km 7%

5. 해신당 공원길(장호해변~신남해수욕장) 2km 5%

6. 임원재(신남해변~임원) 2km 5%

7. 임원항 인증 센터 0.8km 10%

지금까지 지나온 길 중에서 가장 고개가 많은 힘든 길이다.

강릉 시내 외곽 4차선 길을 따라 한참 가다가 산길 고갯마루에서 좌회전했다. 그러자 겨우 차 한 대가 다닐 수 있는 산길로 접어들었다. 듬성듬성 민가가 보이고 햇살이 살짝 비춘다. 길옆에는 내외분인 듯한 묘가 있는데 돌아가신 부모님 생각에 자전거를 세웠다.

사진 한 장을 찍고 다시 길을 재촉했다. 어느새 동해에서 떠오른 햇살이 내 온몸에 온기를 적신다.

산길을 돌아 내려가니 널따란 들판이 나왔다. 주변을 살펴보니 공군부대 정문이 보이고 강릉 비행장이다. 또다시 산등성이를 넘으니 해변에 큰 공사장이 있다. 안내판을 보니 안인화력발전소다. 공사장 출입 차량들을 피해 조심조심하며 앞으로 나아가는데 내 입에서 "이건 또 웬 횡재!"라는 소리가 나온다.

식당 간판이 보이고 실내에 불이 환하게 켜져 있다. 식당은 영업 중임이 확실해 보여 문을 열고 들어갔다. 식당 안에는 덩그러니 주인아주머니뿐이다. 내가 식사가 되냐고 물으니 "예"라고 대답을 한다. 아주머니 말이 공사장 인부들 때문에 영업한다는 것, 내가 왜 "횡재"라는 표현을 하는가 하면 근 30일 동안 전국 팔도 자전거 길을 다니며 아침식사는 줄곧 빵과 두유로 간단히 끝냈고, 서너 번 정도 편의점 도시락으로 아침식사를 했기 때문이었다.

식당은 한식 뷔페식으로 6천 원을 받았다. 나는 너무 잘 먹었다는 생각에 1만 원을 드리고 잔돈은 됐다고 사양했다. 그러자 아주머니께서 계란 삶은 것 3개를 주셨다. 내가 감사 인사를 하자 아주

머니도 몸성히 잘 다니시라고 인사를 한다. 나는 그 인사를 뒤로
하고 다시 길을 나선다.

다시 동해 바다가 나왔다. 안인해변이었다. 우리나라에서 가장
경관이 빼어나다는 이곳을 지나 삼척-강릉 간 철도를 왼쪽에 두고
오늘의 1차 목표지 정동진을 향한다. 나는 한 마리의 갈매기처럼
해풍을 가르며 질주를 했다.

해변에는 안보 공원이 있다. 공원에는 1960년대 이곳 해변으로
침투하다 좌초된 북한의 소형 잠수정과 우리 해군의 퇴역한 구축
함도 전시되어 있다.

정동진 해변에 도착하니 불경기 탓인지 아니면 아침 9시밖에 안
된 이른 시간이라 그런지 분위기가 썰렁하다. 시계탑을 배경으로

사진 한 컷을 남기고 휴식을 취했다. 동행한 김씨가 자신은 오늘 부산으로 가야 하니 먼저 출발하겠다고 말을 한다. 김씨를 붙잡을 수도 없는 노릇이라 조심해서 무탈하게 잘 가라는 인사를 건넨다.

통일전망대를 떠나 이곳까지 오면서 다른 자전거 길과는 달리 자전거 라이더들을 만날 수가 없었다.

그래서인지 한적하고 쓸쓸한 길이었는데 김씨가 있어 마음 한구석이 든든했었다. 그런 김씨가 먼저 간다니 조금은 야속하기도 하고 한편으로는 고맙기도 하다.

속도를 내지 못하는 나와 이곳까지 동행해 준 것만으로도 얼마나 감사한 일인가.

길 위에서의 만남과 이별은 쓸쓸하고 허전하다.

시계를 보니 9시 20분이다. 빠르게 계산을 해 봤다. 이제 남은 거리는 80㎞. 삼척 일몰 시간은 오후 5시 40분이다. 남은 고갯길은 6곳, 결론은 시간당 10㎞는 진행해야 하는데 문제는 고갯길의 주파에 있다.

마음을 다잡고 출발을 했다. 정동진을 빠져나오니 바로 엄청난 고갯길이 보였다. 자전거를 타고 갈 엄두가 나질 않았다. 나는 갓길로 쉬엄쉬엄 고개 마루로 진행을 했다.

고개를 넘고 넘어 드디어 망상해변에 도착, 동해시에 들어왔다. 1970년대 강원도 삼척군 북평이다.

동해 시내에 들어섰는데 또다시 자전거 길 표시인 파란 선이 사라지고 없다. 어쩔 수 없이 나는 차도로, 인도로 왔다 갔다 하며 추암 촛대바위 가는 길을 물어서 나아간다.

해군 함대 사령부 정문도 지나고 공업 단지에 들어섰는데 또다시 길이 헷갈린다. 이리 갈까 저리 갈까 사거리에서 고민을 했다

그때 소방파출소가 보여 길을 물었다. 답변인즉 길을 건너서 곧장 가면 교통 표지판이 나오니 그대로 따라 가란다.

천신만고 끝에 추암 촛대바위 유원지에 도착했는데 또 파란 선은 찾을 수도 없다. 게다가 왜 이리도 사람과 차량이 많은지 자전거를 끌어 가면서 사람들에게 길을 묻고 물었다. 드디어 추암 촛대바위의 인증 센터에 도착했다.

속으로 미음을 다잡았다. '자, 가자. 마음 야물게 먹고 가자. 와이고 바로 턱밑에 닿는 고갯길이다. 내 다리가 이길 테니 걷고 걷고 저 멀리 기차 기적소리도 들리고 동해안 새천년 해안도로를 달린다.' 이사부 광장도 지나자 예쁜 늦가을 둑방 길이 보였다.

큰 하천의 둑방 양쪽에 은행나무와 단풍이 짙게 든 가로수가 선 자전거 전용 둑방 길이다.

아무리 갈 길이 멀어도 잠시 잠시라도 망중한을 가져야지 싶다. 나는 산 정상인 한재 방향을 올려다봤다.

낙엽은 수분이 없다.

완전히 말라서 땅으로 떨어지는 것이다.

낙엽, 색조 고운 낙엽

그 완전한 비움과 버림

인생의 계절이 깊어 갈수록 생각 많고 깊어진다.

나도 내 生의 가을 되었을 때는 낙엽처럼 다 비우고 갈 수 있으면 좋으련만...

가을 단풍처럼 나이가 들수록 아름다워지는 사람

낙엽처럼 자신만의 은은한 색조를 띤 사람

뭇 사람이 카메라 렌즈를 맞추는 아름답고 고운 석양 노을 같은 사람이 되고 싶다.

물 한 모금을 마시고는 다리에 힘을 주어 한재공원으로 출발한다. 자전거를 끌어 한재공원에 도착을 하니 막힘없이 확 트인 동해다.

현재 시간 오후 2시 30분, 임원항까지 거리 33㎞. 그렇게 여유를 부릴 만한 거리는 아니다.

고개를 올라왔으니 당연히 내리막길이 나왔다. 이때의 표현은 바로 하늘을 나는 기분이라 했나, 날개를 달았다 했나. 한마디로 '야호!' 맹방해수욕장이다.

이곳 광경을 글로 표현하면 우측은 솔밭, 좌측은 금모래빛 해변에 끝없이 밀려오는 파도가 보인다.

동해 한재에서

바다

너는 어이 그리도 맑고 푸르더냐

그 많고 많은 온갖 시련들을

다 담아 내고서도...

너도 때로는 고요하게 편히 쉬고도 싶겠지

허나 너의 운명은 별별 사연들을 담아

다 씻어 내야 하는 길이니

밤낮 흐르고 부딪쳐

바다 건너편 뭇 군상들의

부서져 간 모래알의 시간들

숱한 염의 응결들을

너의 맑디맑은 몸으로

온몸으로

다 걸러내야 하는 운명

하여

바다는 산이 되고

산은 바다가 되어

긴 긴 세월 부서져 간

꿈, 그리움, 회한, 눈물을 뒤척이고 있구나.

  자전거 길은 일직선 주로 가는 길을 멈추고 솔밭 벤치에 앉아 잠시나마 눈을 감고… 기도한다. 기원한다. 반성한다.

✎

사람은 누구나 외로운 것이거늘

외로운 것을 탓하지 말자

바람은 파도를 부르고

파도는 온갖 생명을 나르고 살게 하나니

외로운 건 외로운 대로 다 친구가 있더라.

사람은 외로워 봐야

그리움을 알고

온갖 마음의 때를 보고 부끄러워할 줄 알고

가슴에 탱천한 그 욕심

좀 내리고 비우더라

저 바다는 내게

조용히 말없이 다 품고 살라 하네

저 모래밭은 내게

파도 일면 이는 대로

부대끼면 부대끼는 대로

말없이 살라 하네

촘촘히 서 있는 저 소나무는 내게

바람 일면 바람 이는 대로

눈비 내리면 눈비 내리는 대로

허허로이 살라 하네

길 위의 여행자인 나는 또다시 길을 나서야 한다.

여기 이곳에 하루 이틀 머물고 싶은 곳이 그 얼마더냐.

그러나 아쉬울 때 떠난다.

인생도 여행도 다 그러한 것, 흘러 흘러 다른 세상으로

가야 한다.

진정한 여행이란

새로운 풍경을 보는 것이 아니라

새로운 눈을 가지는 것.

또다시 고개를 만난다. 사리재다. 오르고 또 오르면 못 오를리 없으리오, 오르고 내리는 이 동해안 길은 우리네 인생길을 그대로 펼쳐 놓았다.

'공양왕 왕릉' 안내 표지판이 보여 너무 놀라 자전거를 멈춘다. 아니 어찌해서 이 외진 곳에 고려왕조의 마지막 34대 왕이었던 공양왕의 왕릉이 있단 말인가. 그 연유를 찾아봤다.

조선왕조의 이성계에 의해 1394년 공양왕은 공양군으로 강등되었다. 그 후 그는 자신의 아들 2명과 삼척으로 유배되었다가 2년 뒤 50세 때 살해되었다. 공양왕릉은 고양과 삼척에 있는데 원래의 능은 삼척이고 고양에 있는 능은 이장된 능이다.

공양왕 왕릉을 지나니 또 다시 고갯길이 나왔다. 힘주어 페달을 밟아 보면 이 또한 지나가리니. 어느새 황영조기념공원 입구에 도착했다.

황영조는 장하고 대단한 내 조국 대한민국의 사나이다.

그는 첩첩산골인 이곳에서 태어났기에 그만한 체력을 갖추었으리라. 또한 어린 시절 배고픔의 세월이 바탕이 되었을 것이다. 그 헝그리 정신이 마라톤 세계 1등이라는 자리에 오르게 했을 것이라고 생각한다.

이 길에서의 고생 더하기 하나는 포항~삼척 동해안 철도공사 관계로 토목공사에 운행하는 덤프트럭이 많아 길에 살수차가 물을 많이 뿌려 이 몸의 모습은 말 그대로 펄 구덕에 빠졌다 나온 생쥐와 같았으니 정말 폼 나는 자전거 라이더!

장호항을 지나니 조용한 산속 길이 나왔다. 그 호젓한 길에 내 엄마 모습을 한 산골 아주머니가 혼자서 들깨를 털고 있다.

시기적으로 보면 진작 했어야 했는데, 농사일에 치여 밭 한편에 들깨 단을 모아 세우고 그 위에 천막을 덮어 놓았다가, 이제 가을 농사가 다 끝난 뒤에 혼자서 일하고 계시는가 보다. 머리에는 수건을 쓰고 몸빼 바지 차림이다. 그 자리에서 나는 자전거를 땅바닥에 누이고 섰다.

그냥 나오는 울음을 어떻게 해야 하나…. "엄마! 엄마!" 하고 그냥 울었다.

20세의 꽃다운 나이에 시집을 와서 일곱 자식을 낳은 내 어머니. 당신 몸 하나를 추스를 새도 없이 출산 사흗날부터 들로 나가서야 했던 당신, 내 어머니.

줄줄이 있는 작은 시어머니 식솔까지 거두어 먹여야 했던 당신.

아! 당신은 여자는 아니었어요. 머슴이었어요. 불쌍한 내 엄마.

제가 외지의 고등학교로 진학한 까닭에 한 달에 한 번 정도 집에 오는 날이면 언제나 엄마는 집에 안 계셨지요. 저도 바로 옷을 갈아입고 들에 가서 엄마랑 일하고 해 질 녘에야 집으로 돌아오곤 했습니다.

오는 길에 리어카를 끌고 오는데 "성윤아, 밥 잘 챙겨 묵나. 니는 우짜던지 공부 열심히 해서 서울 가서 대학 가고 해야 한다. 나는 니가 마산에 고등학교 다니니 기 펴고 산다"라고 말씀하셨지요.

아! 어머니, 당신은 무엇이 그리도 저세상이 좋아서 그렇게 일찍이 세상을 떠나셨는지. 그것도 아버지와 같이…. 1980년 어머니는 우리 나이 52살, 아버지는 58살, 정말 그렇게 허망하게 가실 줄이야. 당신이 가신 후에야 당신이 깔고 계셨던 그 자리가 얼마나 고달프고 무거웠던지 내 온몸으로 느꼈답니다.

내게 남겨진 동생 셋을 넉넉히는 뒷바라지하지 못해도 대학까지 졸업을 시켰고, 결혼까지도 내 힘으로 뒷바라지했지만 어디 말할 데도 없고 너무나 고달프고 힘들 때는 포기하고도 싶었습니다. 그러나 당신께서 감내해야 했던 그 질곡의 삶을 되돌아보며 끝까지 해낼 수 있었답니다.

엄마! 하늘에서 지켜보셨지요.

그만했으면 이 아들 도리는 다 했지요.

수건에 물을 축여서 얼굴을 닦고서 일하시는 아주머님 모습을
사진에 담고 길을 나선다.

꿈에서라도 한 번 보고픈 아버지, 어머니

늘 따뜻한 가슴으로 나를 안아 주고 보듬어 주신 당신이었습니다.

늘 변함없고 한결같은 마음으로 나를 지켜 주신 당신이었습니다.

당신의 손이 헤어지고 터지는 줄도 모르고 그 많은 식솔들 씻겨 주고 다듬어 주고 입혀 주고 먹여 주신 당신이었습니다.

당신은 온 정성과 마음을 다하여 하나도 남겨놓지 않고 다 내어주셨습니다.

당신은 배움은 없었지만 이 몸의 스승이셨습니다.

그런 당신은 왜 그리도 황망히 떠나셨습니까?

이 자식에 남겨질 아픔과 눈뜨고는 잊지 못할 보고픔은 어이 하라고 그렇게도 총총히 떠나셨습니까?

정만 주고 가신 당신

희생만 하고 가신 당신

사랑만 남기고 가신 당신

그런 당신이 섧도록 보고 싶어서

그런 당신이 한없이 그리워서

이 밤도 당신 가신 그곳에는 파도가 일고

그 파도가 넘쳐 내 가슴에는 恨의 눈물이 되어 흐릅니다.

당신은 내가 이 땅에 서 있는 그날까지 영원한 스승이요,
삶의 표상이십니다.

그리고 영원히 사랑할 것입니다.

그 이름 함자 어머니 공묘선

아버지 이광조

꿈에서라도 한 번 보고픈 아버지, 어머니 이 내 가슴에
영원할 것입니다.

사리재 사람들

흙의 숨결에

기대어 사는 사람들이었네

찾아오는 이 아무도 없고

눈과 귀를 닫고 살아

편안히 사는 법을 알고 있었네.

가난의 멍에와 운명을

강산에 말없이 걸쳐두고

무심한 세월 흘러가듯

고만고만 살고 있었네.

또 고갯길이 나왔다. 굽이굽이 고갯길, 우리네 인생길. 해신당공원(남근조각공원)을 지나고 날은 어둑어둑해진다. 내 온몸은 허벅지며 어깨며 아프다고 아우성이다. 아, 어쩌란 말이야.

맨소래담 로션과 스프레이 파스로 응급처방하고 앞으로 나아갔다. 지구는 둥그니까 자꾸 걸어 나가면 임원항에 도착하겠지. 주저앉고 싶고 드러눕고만 싶었다.

고개 마루에 올라서니 임원항의 방파제 불빛이 빛나고 오가는 차들은 라이트를 켠다. 가슴이 메었다. 울컥하는 마음이다.

이게 난관과 고달픔을 인내하며 목표를 이룬 사람들이 흘리는 눈물이던가. 시원하게 어둠 속을 달려 임원항에 도착했다.

오늘 이 길 위에서 나는 또다시 깨달았다. 사람은 최악의 고통 속에서 더 절실해지고 정직해지고 더욱 단순해지고 더 진정한 살아 있는 자신의 모습을 볼 수 있다는 것을. 내가 자랑스럽다. 내가 대견스럽다.

버스정류소를 물어 찾아가니 8시 포항 가는 막차가 있다. 표를 사고 영업하는 식당을 찾아다녔지만 보이질 않았다. 할 수 없이 편

의점에서 김밥 한 줄과 컵라면으로 허기진 배를 대충 채우고 울진

행 버스에 오른다.

동해안 종주 자전거 길
– 경북 구간

◉ 울진-영덕 해맞이 공원

어젯밤 9시가 되기 전에 울진에 도착을 했다. 버스 화물창에서 자전거를 꺼내 보니 앞 타이어에 바람이 빠져 있었다. 눈앞이 캄캄했다. 편의점에서 캔 음료와 햄버거 등을 사서 편의점 바깥 탁자에 앉아 먹으면서 이 일을 어떻게 해결해야 할까 곰곰이 생각했다. 두 가지의 생각이 떠올랐다. 편의점 주인아저씨와 상의를 해 보는 것과 읍내 택시기사에게 제안을 해 보는 것. 먼저 버스터미널에 있는 택시기사에게 가서 제안을 시도했다.

내가 다가가니 기사 2명이 어디 가느냐고 묻는다. 나는 자전거 종주 중인 사람인데 2시간 내에 자전거의 타이어를 수리해 오시면 3만 원을 드리겠다고 말을 했다. 내 말을 듣고는 1명이 그리하겠단다.

서로 연락처와 명함을 교환하고 자전거를 택시 뒤 좌석에 실었다. 그리고는 편의점 주인에게 깨끗한 숙소를 알아보았다. 주인은 자신이 운영하는 여관이 있다며 위치를 가르쳐주었다.

숙소에서 샤워를 하고 온갖 상념에 잠겼다.

이 밤이 지나면 지난 3월부터 시작한 국토 자전거 길 완주가 끝난다고 생각하니 지나온 전국의 구석구석들과 스쳐간 고마운 인연들이 영화처럼 또렷이 떠오른다.

몸도 가볍게 느껴지고 가슴도 가볍다. 10시 조금 넘었는데 택시 기사에게서 전화가 왔다. 나는 10분 뒤에 버스터미널 택시 승차장에서 만나자고 말하고 밤길을 나섰다. 궁즉통(窮卽通)은 바로 이를 두고 하는 말인가 싶다. 기사에게 고마운 마음이 들었다.

택시기사에게 자전거를 받고 여기서 해변까지 거리가 얼마나 되냐고 물었다. 그는 1㎞도 안 된다고 대답을 해 주었다.

편의점에 들러 소주 한 병과 안주와 담배를 샀다. 그리고는 자전거를 타고 해변으로 갔다.

한밤중에 해변에 나 홀로 앉았다.

이 나라의 모든 사람이 궁하다.

이 나라의 모든 곳이 어지럽고 혼돈스럽다.

이 궁함과 혼돈은 어디까지일지 그 끝은 알 수가 없다.

이제 좀 변했으면 좋겠다. 안정되고 내일을 좋은 기약하며 살 수 있으면 좋겠다.

나도 변하고 너도 변했으면 좋겠다. 궁즉변(窮卽變) 변즉통(變卽通) 통즉구(通卽久)라고 하지 않았던가.

인적 없는 한밤중 해변가 언덕에 한 생명들이 한 계절을 다하고 서늘한 가을바람에 제 몸을 가누지 못하고 이리저리 뒹구는 소리를 들어 본 적이 있는가, 먼먼 심연의 바다를 떠밀고 떠밀려온 파도가 제 몸을 허옇게 누이며 토해내는 그 아픈 마지막의 처연한 소리를 달빛 없는 한밤에 들어 본 적이 있는가? 어둠에 숨은 별은 바람에 스친다.

바람 이는 대로 제 몸을 떨구는 낙엽들,

해변에 허옇게 부서지는 파도의 포말을 보며 이제야 느끼고 깨닫는다.

내가 나 자신을 가두어 놓고 살았다는 것을.

탈도 많고 허물도 많은 인생길

내 속에 내가 너무도 많다.

나는 누구인가

나는 어디에 있나

나는 어디로 가는가

흐르는 눈물을 주체할 수가 없어 통곡한다.

오늘은 자전거 국토 완주 마지막 날이다. 영덕 해맞이 공원까지 76㎞ 남아 있다.

일기예보에는 울진과 영덕 지역에 오후부터 비가 예보되어 있단다. 비올 확률은 70% 아침식사는 버스터미널 옆 한식 뷔페에서 했다. 6시 30분에 출발하면 늦어도 오후 1시경에는 종결할 수 있으리라 마음먹고 출발을 했다.

울진 은어다리를 지나 곧장 해변 길로 들어섰다.

"와우!" 감탄사가 나왔다.

파도소리에 세상의 근심걱정은 물거품이 되어 사라졌다.

파도소리와 가을 단풍에 흠뻑 빠져드는 길이다.

새벽 해변 찬바람에 낙엽이 진다. 낙엽이 떨어져 바람에 날린다.

겨우내 앙상하던 나무는 이른 봄날 파릇파릇한 잎을 낸다.

한여름의 온갖 비바람을 견디다가 가을이 오면 가장 화려하게 치장을 한다.

이 땅 위의 모든 생명체는 나고 죽음이 같은 이치이지 않겠는가.

자연의 모습을 보고 자연의 소리를 듣는다. 이 기분을 어찌 말로 다 표현할 수 있을까.

참 행복한 아침이다.
이름하여 울진 촛대바위
바위에 자라고 있는 저 소나무

"와!"가 아니라 생명의 끈질김, 생명의 경이 앞에 무어라 할 말이 없다.

파란만장 어지러운 이 세상에
멀리서 반짝이는 생명의 눈동자를 맞이하며
삼백예순다섯 날 그 자리에서 있는 너
나도 너처럼
아무 꾸밈없이 늘 제자리 지키며
살 수 없을까

망양휴게소로 올라섰다. 또 다시 감탄사가 나왔다. "와우!" 막힘이 없는, 끝을 알 수 없는 동해 바다가 펼쳐져 있었다.

울진 비행장[9]을 지나 목적지인 월송정으로 가는데 또 한 번 깜짝 놀랐다. 한국원자력마이스터고등학교가 보여서다. 발상은 좋아 보이는 교육의 장소라는 생각이 들었다. 그러나 현 정권의 원자력 폐기 정책에 저 학교 재학생들은 어찌할 것인가. 그리고 저 학교가 계속 존치가 될 수 있을까라는 생각까지 드니 착잡한 마음에 울적해졌다.

월송정 인증 센터에 도착했다. 동해안에 있는 8곳의 명승지를 일러 관동 8경이라 한다.

관동 8경

- **통천**: 총석정
- **강릉**: 경포대
- **고성**: 청간정, 삼일포
- **삼척**: 죽서루
- **양양**: 낙산사
- **울진**: 망양정. 월송정

한적한 해변 마을을 우측에 두고 자전거 여행자인 나는 유유자적 자전거 페달을 밟는다. 마치 내가 김삿갓이 된 듯한 느낌이다.

---

9) 2003년 일반 공항으로 개장했으나 지금은 비행사 양성 훈련 비행장으로 사용 중이다.

나 홀로 여행은 세상의 학교요, 몸으로 배우고 익히는 책 같다.

나 자신을 겸손하게 하며 감사함을 갖게 한다.

타인에게 나 자신을 먼저 낮추고 다가가게 한다.

생명의 가치와 경이로움을 느끼게 한다.

티끌 모아 태산을 이루고 한 걸음 한 걸음의 위대함을 알고 느끼게 한다.

우리의 삶이 지고 이기는 것이 아니라, 견디는 것임을 알게 한다.

또 한 가지는 비움을 알고 느끼게 한다.

어찌 보면 나 홀로 여행은 모든 것을 내려놓는 작업이라고도 말할 수 있을 것 같다.

후포항을 지났다. 해변 언덕 위 팔각정에 쉬려고 멈추었다. 젊은 한 쌍이 텐트 옆에서 라면을 끓여서 먹고 있는데 참으로 보기가 좋았다. 젊음이 좋구나.

내 젊음은 그 언제였던가. 꼭 엊그제 같은데 머리에는 벌써 허연 서리가 내렸네. 그래, 모든 것은, 이 땅의 모든 것은 지나가고 변한다. 한 쌍 중 젊은 여인이 내게 초콜릿과 비스킷을 주면서 드시란다. 나는 감사함을 전했다. 아이고, 예쁜 처자님 고맙습니다.

그들과 이런저런 얘기를 나누다가 나는 자전거에 몸을 싣고 떠난다. 그들은 또다시 길에서 스치는 인연이 되어 내 등 뒤에 조그맣게 보였다.

페달을 밟아 달리니 어느덧 고래불 해수욕장이다. 내가 지금껏 봐 온 해수욕장 중 가장 긴 것 같고 폭도 넓다. 화장실에 가서 머리도 감고 세수도 했다. 씻고 나니 정말 살맛이 난다.

현재 시간은 11시. 남은 거리는 23㎞ 정도다.

가게에 들러 물 2병과 간식을 구입해 보충을 했다. 다시 길을 나서는데 아무래도 오후 1시는 넘어야 도착할 것 같다.

잘 정리된 자전거 전용 길을 따라 한 마리의 나비가 되어 간다.

대진항과 축산항을 산길로 가는데 저 멀리 산등성에 풍력발전의 큰 팬이 보인다. 바로 고지가 저곳이다.

자전거를 타다가 끌다가를 반복하며 가다가 방파제에서 세웠다. 그리고 산기슭에 앉아 휴식을 취했다. 산과 바다 그리고 하늘과 태양이 어우러진 이 풍광은 어디 한 곳 눈을 뗄 수가 없다.

참 아름다운 내 조국 대한민국이다. 위아래로 콘크리트와 아스팔트로 덮인 세상을 떠나 자연과 벗하면 침묵의 소리를 들을 수 있다.

이 땅 위의 모든 것은 제 나름의 빛깔과 모양과 향기를 지니고 있다. 이 땅에 있는 자연의 생물들은 다른 생물에 대해 신경을 쓰지 않는다. 또한 닮으려고도 하지 않는다.

오직 저마다의 모습을 지니고 있고 나름의 특성을 가지고 있다. 자연은 우리에게 위대한 선생님인 것이다. 우리에게 그냥 주어져 있는 것이 아니라 많은 것을 조건 없이 나누어 주고 또한 많은 것을 무언으로 가르쳐주고 일러주는 선생님이다.

그것은 사람도 마찬가지다. 누구나 다 제 생각과 제 나름의 특기와 꿈을 지니고 산다. 자기다움과 자기 몫의 삶을 자기의 그릇에 채워 가며 살아간다. 인간은 지구상에서 가치를 판단할 수 있으며, 꿈을 가지고 있는 유일무이한 존재다.

나답게 나의 몫을 다하며 살아가는 것이 존재의 가치라고 생각한다. 고갯길을 속도를 내며 달리는 자동차를 보면서 고행의 맛을 즐긴다. 운명을 개척하는 대붕이 되고 물길을 거슬러 오르는 한 마리의 물고기가 되어 한 걸음 한 걸음 앞으로 전진 또 전진한다.

십년한창(十年寒窓)이라 했던가.

찾는 이 없는 차가운 방 안에서 10년을 홀로 공부하여 한 번 이름을 날리면 온 세상이 다 안다는 말이다.

외로움은 누구나 싫어한다.

하지만 외로움은 인간의 강한 내적 힘을 키운다.

외로움은 자신에게 들어가는 사색의 입구이자 자신과의 싸움의 장이다. 가장 싸우기 힘든 상대가 자기 자신이다.

이 외로움과의 싸움에서 스스로를 단련시키고 그 외로움을 즐길 수 있다면 이 세상 그 어떤 장애물도 극복할 수 있을 것이다.

나 홀로 여행은 외로움과의 동행이다.

스스로를 가장 외롭게 버리는 시간이기도 하다.

그 버려진 외로움 속에 진정한 자신을 만나게 된다. 또한 항상 내 주위에 있으면서도 잊고 지냈던 가족, 친지, 친구, 산과 들, 태양과 비 그리고 수많은 존재들의 소중함과 가치를 인식하는 값진 시간이다.

외롭게 방황하고 시련과 역경을 겪어 봐야 인생의 길이 보인다.

드디어 영덕 해맞이 공원 인증 센터에 무탈하게 도착을 했다.

이곳에 무탈하게 도착하여 자전거를 치켜들고 서 있는 이 순간이 너무나 행복하다.

약 1,800㎞의 모든 길은 어느 한 곳 할 것 없이 힘들었다.

목도 마르고 사지는 아프고 고통스러웠다. 배도 고팠다. 더위에 쓰러지기도 했다. 그러나 많이 깨우쳤다. 울기도 했고, 겸손해졌다. 내 마음이, 나라는 사람이 더욱 따뜻해졌고 더 많이 감사하는 마음을 갖게 되었다.

국토 완주 자전거 길 개통 연보

· 2012년: 4대강 자전거 종주길 개통
· 2015년: 5월 동해안 자전거 길 강원 구간 개통
　　　　　11월 제주 환상 자전거 길 개통
· 2017년: 3월 동해안 자전거 길 경북 구간 개통

상기 국토 완주 자전거 길이 개통된 후 나의 기록은 15,809번째 완주자로 등록되었다.

나가는 글

자전거 길 국토 완주를 마치고

봄인가 했더니 여름, 덥다 덥다 했더니 가을.

그 가을이 어느 날 왔다가 홀연히 떠나려 하네.

아, 나날이 짧아지는 햇살.

올 한 해도 한 달만 남겨 놓고 있으니...

아, 이 한 해도 그렇게 그렇게 가는가 보네

◉ 우연찮게 시작된 자전거 길

지난 구정 후 낙동강변 자전거 길에 초봄의 바람처럼 빠져 한강, 낙동강, 금강, 영산강, 섬진강 그리고 바다 건너 제주도까지 약 1,900㎞를 온 힘을 다해 앞만 바라보며 페달을 밟고 또 밟았습니다. 힘들게 장애물 경기를 끝낸 기분. 산 고개를 오르고 내리고 또 오르고 내리고 비바람 맞으며 '아이고, 큰일 날 뻔했네' 하며 정신이 몸이 박제된 듯한 순간도 있었습니다.

꼭 우리네 인생길이었습니다. 내가 여태까지 살아온 인생길의 복기였죠. 이 길을 통해서 마음의 짐도 풀어 헤쳐 보며 참 많이도 강물에 흘러 보내고 씻고 또 씻었습니다. 참 많은 깨달음을 얻기도 했습니다. 이런 걸 좋은 말로 "No pains, no gains"라고 하지요. 하루 주행을 무탈하게 마칠 때면 하늘에 감사했고 몸성히 살아 있음에 감사했습니다.

生也 一片 浮雲起(생야 일편 부운기)
死也 一片 浮雲滅(사야 일편 부운멸)

이 땅에 있는 그 어느 생물(生物)도 다 소중하고 다 각기의 역할(노릇)을 제자리에서 하면서 살아가고 있고 그리해야만 바른 것이고 순리라는 것도 깨쳤습니다. 언제 이 땅을 등질지 모르지만 가는 그 시간까지 밀도 있는 시간으로 살아야 한다는 것도 새삼 자각했습니다. 제행 무상(諸行 無常)이라고….

아프고 고생한 것보다 넘치게 우리 땅 곳곳을 눈에 담았습니다. 넘치도록 아름다운 풍광과 소중한 인연들을 놓치지 않고 기억합니다. 페달을 밟으면 밟을수록 자신의 숱한 부족함에 고개가 숙여졌습니다.

과거는 지나갔고 미래는 아직 오지 않았습니다. 살아 있는 오늘에 충실하며 매사 감사한 마음으로 살아가겠노라고 좀 더 버리고, 내려놓고 부족함을 채워가는 자세로 열정적으로 살아가고자 합니다.

2020년 8월

이성균

그랜드슬램 인증서

Certificate of cycling road Grand Slam

성명/name : 이 성 윤

인증번호/Certification No. : **G000015809N9**
인증일자/Certification Date : **20191107**

귀하는 대한민국 자전거길 국토완주
그랜드슬램을 달성하였음을 인증합니다.

This certifies that the person whose name appears above
has completed Korea cycling road Grand Slam

2019 년 **11** 월 **7** 일

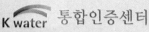

K water 통합인증센터

국토 종주 자전거 길 여행 여권

국토종주 자전거길 종주 인증

인증센터에서 인증수첩을 구입하여 각 코스의 인증센터 스탬프를 모두 찍으면 인증센터에서 확인 후 종주 완료로 인증합니다.

국토완주 그랜드슬램 Grand slam	전구간 인증 Certification of all courses	그랜드 슬램 인증스티커 (Grand slam sticker)
국토종주 Cross country cycling road	아라서해갑문~낙동강하굿둑 Ara west sea lock~Nakdonggang estuary bank	인증스티커(sticker), 인증메달(Medal)
4대강종주 4 Rivers bicycle path	한강, 낙동강, 금강, 영산강 모두 종주 Completion of all four rivers	인증스티커(sticker), 인증메달(Medal)
구간별종주 Each course	한강, 남한강, 북한강, 새재, 오천, 낙동강, 금강, 영산강, 섬진강, 동해안(강원), 동해안(경북), 제주(12개구간) Completion on each course	인증스티커(sticker)

이용절차

인증수첩 구입 Purchase → 스탬프 날인 (순서 상관없음) Stamp → 종주자 확인 및 스티커, 메달 수령 Sticker, Medal

문의 우리강콜센터 : 전화 1577-4359
우리강이용도우미 : www.riverguide.go.kr

	구간 및 장소	수첩판매	종주인증
아라뱃길 Ara waterway	아라서해갑문 ARA WEST SEA LOCK		
	아라한강갑문 ARA HANGANG LOCK		
한강 Hangang	여의도 서울마리나 YEOUIDO SEOUL MARINA		
	뚝섬 전망문화콤플렉스 TTUKSEOM OBSERVATORY		
	광나루자전거공원 GWANGNARU BICYCLE PARK		
	능내역 NEUNGNAE STATION	○	
	양평군립미술관 YANGPYEONG ART MUSEUM		
	이포보 IPOBO	○	○
	여주보 YEOJUBO	○	○
	강천보 GANGCHEONBO	○	○
	비내섬 BINAESUM		
	충주댐 CHUNGJUDAM		
북한강 Bukhan gang	밝은 문광장 BALGEUN GWANGJANG	○	○
	샛터삼거리 SAETEO SAMGEORI		
	경강교 GYEONGGANG BRIDGE		
	신매교 SINMAE BRIDGE		
새재 Saejae	충주탄금대 CHUNGJU TANGEUMDAE		
	수안보온천 SUANBO ONCHEON		
	이화령 휴게소 IHWARYEONG REST AREA		
	문경불정역 MUNGYEONG BULJEONG STATION		
	상주상풍교 SANGJUSANGPOONG BRIDGE		

	구간 및 장소	수첩판매	종주인증
오천 Ocheon	행촌교차로 HAENGCHON CROSSROADS		
	괴강교 GOEGANG BRIDGE		
	백로공원 BAEKRO PARK		
	무심천교 MUSIMCHEON BRIDGE		
	합강공원 HAPGANG PARK		
낙동강 Nakdong gang	안동댐 ANDONGDAM	○	
	상주보 SANGJUBO	○	○
	낙단보 NAKDANBO	○	○
	구미보 GUMIBO	○	○
	칠곡보 CHILGOKBO	○	○
	강정고령보 GANGJEONGGORYEONGBO	○	○
	달성보 DALSEONGBO	○	○
	합천창녕보 HAPCHEONCHANGNYEONGBO		
	창녕함안보 CHANGNYEONGHAMANBO	○	○
	양산물문화관 YANGSAN WATER CULTURE CENTER		
	낙동강하굿둑 NAKDONGGANG ESTUARY BANK		
금강 Geumgang	대청댐 DAECHEONGDAM	○	○
	세종보 SEJONGBO	○	○
	공주보 GONGJUBO	○	○
	백제보 BAEKJEBO	○	○
	익산 성당포구 IKSAN SEONGDANGPOGU		
	금강하굿둑 GEUMGANG ESTUARY BANK	○	○

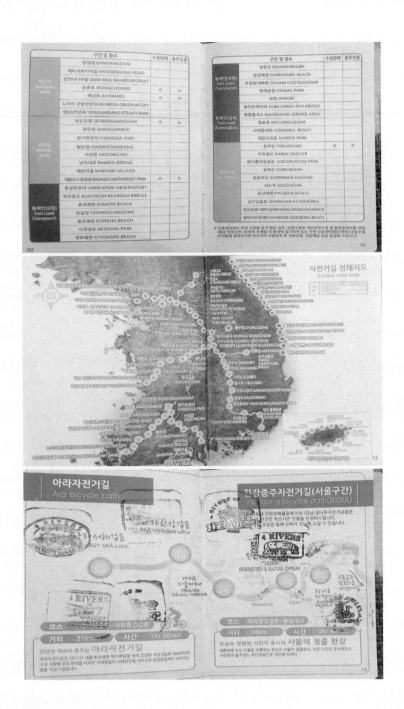

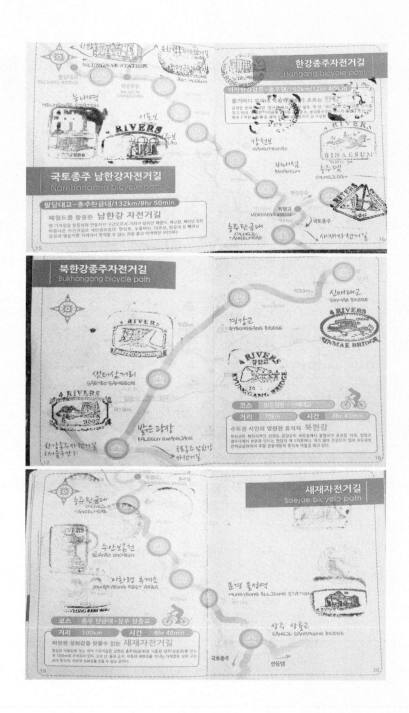

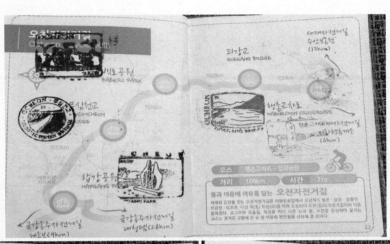

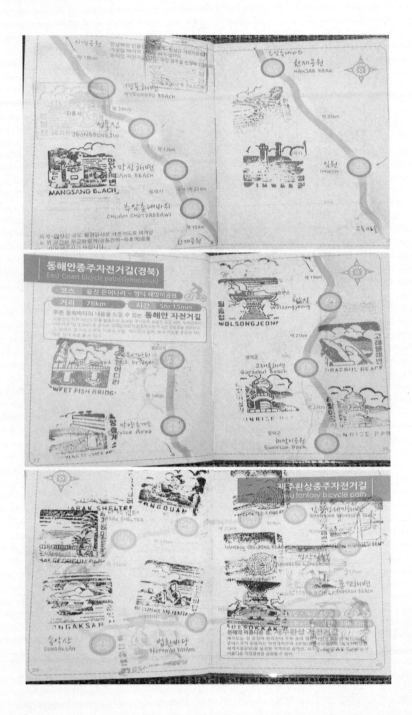